가능주의자
나희덕 시집

문학동네시인선 167 나희덕

가능주의자

시인의 말

어떤 핏기와 허기와 한기가 삶을 둘러싸고 있다.
그것은 일종의 벌거벗음에서 왔다.

피. 땀. 눈물.
이 세 가지 체액은 늘 인간을 드나든다.

마음이 기우는 대로
피와 땀과 눈물이 흐르는 대로 가보면
통증과 배고픔과 추위를 느끼는 영혼들 곁이었다.

시는 영원히 그런 존재들의 편이다.

2021년 12월
나희덕

이 자욱하고 흥건한 시대를 시는 어떻게 건널 수 있을까.

차례

2부 얼룩을 지우는 얼룩들

3부 두려움만이 우리를 가르칠 수 있다

4부 달리는 기관차를 멈춰 세우려면

1부

벽의 반대말은 해변이라고

붉은 거미줄

핏속에 거미들이 산다

핏속에서 일하고
핏속에서 잠들고
핏속에서 사랑하고
핏속에서 먹고
핏속에서 죽고
핏속에서 부활하는 거미들에게

피는 무궁무진한 슬픔의 창고

물과 피를 거미줄로 바꾸는
직조의 달인들은
어떤 혈관에든 숨어들어 실을 뽑고 천을 짠다

그러나 너무 밝은 피나
너무 어두운 피는 좋은 재료가 되지 못한다

거미들이 실을 뽑아내기 직전
아주 작고 단단하게 몸을 긴장시킬 때
나는 거미들을 느낀다
내 몸에서 피가 조금 빠져나갔다는 걸 알아차린다

내 피로 뽑아낸 붉은 거미줄은
누군가에게
거처가 되기도 하고 덫이 되기도 했으리라

아무것도 보이지 않지만
거미들은 희미한 진동을 따라 움직인다
피의 만다라에 마악 도착한 어떤 날개를 향해

날개가 파닥거리는 동안
빈혈의 시간은 잠시 수런거리다 고요해진다

입술들은 말한다

입술들은 말한다

자신의 이름과 고향과 사랑하는 이에 대해
절망과 분노와 슬픔과 죽음에 대해
오늘 저녁 먹은 음식과
산책길에 만난 노을빛에 대해
기후 위기와 정부의 부동산 대책에 대해
생일과 장례, 술과 음악, 책과 영화, 개와 고양이에 대해
마을을 휩쓸고 간 장맛비에 대해 파도 소리에 대해

얼굴도 없이 몸뚱이도 없이
격자무늬 벽에 처박힌 채 입술들은 말한다

입술들은 대체 어디서 모여든 것일까

각기 다른 언어로
각기 다른 목소리로
각기 다른 리듬으로

목소리들은 서로 삼키고 뱉고 다시 삼키고 뱉고 삼키고

들리지 않는 노래를 너무 많이 들었나봐
귀가 먹먹해

먼 들판에 풀벌레 소리 자욱해
못이 박힌 노래를 귀에 못이 박히게 들었나봐

귀는 매일 투명한 피를 흘리고 닦아내고 다시 흘리고

격자무늬 벽 속에서 입술들은 말한다

오늘도 잠 못 드는 이유에 대해
왜 자신이 이야기를 멈출 수 없는지에 대해
복용해온 약에 대해
또는 피 흘리는 말, 다른 입술들에 대해

그날 이후

출입문의 손잡이가 있던 자리에
커다란 구멍이 뚫렸다

손잡이가 사라졌으니
문은 그대로 벽이 된 것인가

구멍으로 스윽 밀고 들어온 주먹 하나가
내 손목을 거칠게 잡아챘다

어디론가 끌려갔다 돌아와보니
문이 활짝 열려 있다

타인의 시선들로 가득찬 방,
책상과 의자와 침대가 수치심에 떨고 있다

이제 이곳은 내 방이 아니다

누구든지 들어올 수 있지만
출구는 없는 방

문의 공포는
열 수 없다는 데 있는 게 아니라
잠글 수 없다는 데 있다

시선의 블랙홀 속에서
앉을 수도 누울 수도 없이 서성거리는 동안

또 어떤 손이 저 구멍으로 밀고 들어올지도 모른다

그러나 발이 바닥에서 떨어지지 않는다
목소리도 나오지 않는다

눈동자, 눈동자, 눈동자들,
나는 작살에 찍힌 물고기처럼 파닥거린다

열려 있으면서 닫혀 있는
닫혀 있으면서 열려 있는 방에서

다락방으로부터

1
이 다락방에서 나가선 안 돼
창밖을 내다봐도 안 돼

넌 오직 거울을 통해서만 세상을 볼 수 있어
거울이 보여주는 세계,
그 매끄러운 표면 위에서만 아름다워질 수 있지

침묵할 것, 그리고
네게 주어진 실로 태피스트리를 짜라
이 신성한 동굴 속에서 완벽한 여자가 될 때까지

2
노랫소리가 들려왔다
창밖에서인지 내 속에서인지 실처럼 풀려나오는 노랫소리,
나는 창가로 다가가 바깥을 바라보았다
순간 두 눈에서 오래된 비늘이 떨어져내렸다
파열음과 함께
유리창이 깨지고 거울이 깨지고
깨진 거울 조각들은
수백 개의 눈동자가 되어 빛나기 시작했다
갑자기 들이닥친 회오리바람에
씨실과 날실이 뒤엉켜 온몸을 휘감았다

3
이젠 아무것도 짜지 않아요
베틀 같은 것, 어두운 다락방에 두고 왔어요

4
물가로 내려갔다
죽음의 잔을 벌컥벌컥 들이켜며
기억의 깊은 웅덩이를 향해 나아가는 동안
입술 사이로 노랫소리가 흘러나오기 시작했다

처음 들어보는 목소리였다

조각들

1
파열음을 내며 나는 찢어졌지만
허공은 비명을 삼켜버렸다

찢긴 선을 따라 물과 기름이 빠르게 스며들었다
그 길고 가느다란 선이
고통의 성감대라고 믿는 편이다

나를 찢어버린 손은 누구의 것인가

2
나는 이제 해변의 모래가 아니다

누군가의 신발에 흘러들거나

기계에 끼어들어가 비명을 지른다

세계를 버석거리게 하고
덜컥거리게 하고
작은 흠집을 남기거나
때로 기계를 멈추게 할 수도 있다

한 알의 모래로서

3
투명함에서 조금씩 해방되는 중이다

흙먼지와 함께 보푸라기와 함께
하루하루 무디어지면서

한때 날카로운 칼날처럼 빛을 낼 때도 있었지만,

나는 더이상 위험하지 않다
깨지지 않는다

아무도 유릿조각을 줍지 않는다

찢다

찢고, 찢고, 찢는다

모든 기록은 일종의 얼룩이라는 것을
너무 늦게 깨달았다

찢을 때마다 들리는 종이의 비명
그러나 정작 찢어야 할 것들은 손도 대지 못했다

저 나무상자에는
오래 열어보지 못한 편지들이 있고
열어보지 못하는 것은 찢을 자신이 없기 때문이고
찢을 수 없는 시간에 대한 예의를
아직은 완전히 버리지 못하기 때문이다

판도라의 상자도 아닌데
나는 왜 열지 못하는가

그렇게 찢기고 찢겼으면서, 차마 찢지 못한
한 줌의 사랑이 남아 있지도 않은데

찢으면 찢을수록
끝내 찢지 못한 것들이 떠오른다

나를 이루는 마지막 페이지
또는 첫 페이지

한 번도 제대로 알 수 없었던,
그걸 찢는 순간에야 비로소 이해하게 될
편지들

꿰매다

바닥에는
방금 실을 끊어낸 실패가 놓여 있고
실패에는 실이 남아 있다

무언가 열심히 꿰맨다

바늘이
천과 천 사이를 드나드는 동안
실패에서 풀려난 실은 한 땀 한 땀 길을 낸다
한 걸음 한 걸음 찢어진 길을 꿰매듯

뜯어진 바짓단이든 구멍난 양말이든 떨어진 단추나 후크든
조금 해지거나 터진 구멍쯤 아무것도 아니라고
실패를 두려워할 것 없다고
바늘구멍만한 진실은 어디에든 있다고
꿰매다 실이 모자라면
실패를 집어올려 새로 꿰면 된다고

무언가 꿰고 꿰매는 동안에는
다정한 이가 그렇게 말해주는 것 같다

실패를 갖고 놀던 아이는 보았을까
실을 꿰는 엄마를

무언가 열심히 꿰매는 엄마를
엄마는 아이의 불안한 마음까지 꿰매주었을까

들숨과 날숨 사이에서
"fort"와 "da" 사이에서*
엄마의 사라짐과 나타남 사이에서
가까워지는 발소리와 멀어지는 발소리 사이에서

실은 어디까지 갈 수 있을까

실패에는 실이 아직 남아 있고
무언가 꿰매는 손등에는 고요가 내려와 반짝이는데

* 프로이트가 말한 'fort-da' 놀이.

벽의 반대말

벽의 반대말은 해변이라고
그녀는 말했다

해변은 무한히 열려 있는 곳이라고
해변은 어디에나 있다고

그러고는 아스팔트 위에 모래를 퍼나르고 나무를 심고 파
라솔을 꽂고 수영복 차림의 사람들을 데려다 해변을 만들었
다 강렬한 태양을 박아두는 것도 잊지 않았다

그녀가 완성한 해변에서 사람들은 벽을 잊은 채 누워 있고
파도처럼 어디선가 밀려오고 어디론가 밀려가고
삶이라는 질병에서 잠시 놓여나고

해변에는 벽을 두려워하는 영혼들이 모여들었다
어쩌면 벽을 사랑하는 영혼들이

어머니의 장례식을 끝내고
이제는 잠자리에 들어 열두 시간 동안 실컷 잘 수 있겠구
나.*
이런 생각을 할 때의 은밀한 기쁨이라든가

해변의 발코니에서

소금기 가득한 바람 맞으며
새나 구름, 빗방울을 기다리며 앉아 있을 때

더이상 나의 것이 아니게 된 어떤 삶**을
알아차리게도 되는 것이다

그러니 벽의 반대말은
집도 방도 문도 창문도 천장도 바닥도 아니다

차라리 해변에서 들려오는 슬픈 노랫소리나
견딜 수 없는 눈동자 같은 것

더이상 어디로도 가지 않으려 할 때 벽은 문득 사라지니까

* 알베르 카뮈, 『이방인』, 김화영 옮김, 책세상, 2015, 45쪽.
** 같은 책, 154쪽.

흐르다

좋아하는 동사를 묻자 그는
흐르다, 라고 대답했다
나도 그 동사가 마음에 들었다

그때는 알지 못했다
흐르다, 가 흘러내리다, 의 동의어라는 것을

그저 수평적 움직임이라고만 생각했다
몇 줄기 눈물이 볼을 타고 천천히 흘러내리기 전에는
실감하지 못했다 눈물의 수직성을

눈에서 입술로, 상류에서 하류로, 젊음에서 늙음으로, 살
아 있음에서 죽음으로, 높은 지대에서 낮은 지대로, 어제에
서 오늘로, 그리고 내일로, 최초의 순간에서 점점 멀어지는
방식으로, 에너지가 높은 곳에서 낮은 곳의 방향으로, 기억
의 밀도가 높은 시간에서 낮은 시간으로

흐르는 모든 존재는
흐르는 동시에 내려가고 있다는 것을
아래로 아래로 떠밀려가고 있다는 것을

생각해보라
흘러오르다, 라는 말이 어디 있는가

고여 있거나
갇혀 있지 않는 한
쉴새없이 흘러내리는 물과 흙
피와 눈물
세포와 원소
사랑과 우정
또는 시간과 기억

원치 않았지만 그것이 끝내 우리를 데려다 부려놓는 곳
어떤 하류의 퇴적층이 우리를 기다리고 있는지

하지만 그때는 알지 못했다
흐르다, 라는 동사는 흐르지 못한다는 것을

퇴비의 공동체*

댄스파티라는 수국 화분에 돋아난
흰 버섯들

다정하고 불가사의한 습기 속에서
놀라운 속도로 자라는
버섯들에게 화분은 감염된 것처럼 보였다

포자들은 어디서 왔을까
봄에 수국을 옮겨 심으며 섞었던 부엽토 때문일까
그때는 조금도 상상해보지 않은
이 화분 속의 공동체를 어찌해야 할까

독버섯일지도 모른다는 두려움
방치하면 수국이 말라버릴 거라는 염려, 또는
꽃이나 열매가 없는 버섯은
관상용 화분에 적합하지 않다는 생각 때문이었을까
예기치 않게 돋아나고
캄캄한 밤에도 자라지 않을 이유가 없는 버섯,
그 소리 없는 포자들이 불꽃처럼
다른 화분으로 옮겨갈 수 있다는 불안 때문이었을까

뿌리고 심지 않은 것들의 번식을
두고 볼 수만은 없어

화분을 쏟아 흙을 갈아주고 수국을 옮겨 심었다
이번에는 부엽토를 넣지 않았다

다행인지 불행인지
버섯은 돋아나지 않았다 수국은 말라가기 시작했다

푸석푸석한 흙에는
이제 수국의 마른 잎과 줄기만 앙상하게 남아 있다
퇴비의 공동체 하나를 그렇게 떠나보냈다

댄스파티는 끝났다

* 도나 해러웨이, 『트러블과 함께하기』, 최유미 옮김, 마농지, 2021,
200쪽 참조.

거대한 빵

이 빵으로 말할 것 같으면
유구한 역사와 전통을 자랑하는 빵입니다

비법이 뭐냐구요?
매일 반죽을 조금씩 떼어두었다가
다음날의 반죽에 섞는 것,
발효는 그렇게 은밀히 계승되어왔습니다

오늘도 빵 속으로 걸어들어가는 사람들을 보십시오

빵 속의 터널에서 만났다 헤어지는 사람들은
같은 빵을 먹고 있다는 이유만으로
서로를 식구라고 부릅니다

밀가루로 된 벽과 지붕이 얼마나 버틸 수 있을지요
그러나 거대한 빵은
오병이어의 기적처럼 계속될 것입니다

지금도 빵을 먹어들어오는 저 왕성한 소리가 들리십니까?

이미 한쪽에선 곰팡이가 피기 시작한, 그래도
아직 먹을 만한 이 빵은
유구한 반죽 덕분에 발효와 부패 사이를 오가고 있습니다

더이상 보장된 미래는 없다고
더 많은 빵을 만들어내야 한다고 말들 하지만
오늘의 반죽이 어떤지는 알 수 없지요

빵의 분배 역시 마찬가지,
파이를 나누는 일에 정해진 규칙이란 없습니다
나이프 쥔 사람 마음대로지요
그가 눈을 감은 채 칼을 휘두르지 않기만 바랄 수밖에요

빵에 갇힌 자로서
빵의 미래를 어찌 알겠습니까

눈앞의 빵조각에 몰입할 뿐
부드러운 제 살을 황홀하게 먹어들어갈 뿐

누룩의 세계

밀가루 세 홉에 누룩을 섞어두었더니
반죽이 부풀어올랐다

누룩이라는 몸짓은
얼마나 멀리, 얼마나 오래 가는 것일까
눈에 보이지 않는 발가락들처럼

가루들을 일으키며 헛소문을 퍼뜨리는 자들은
쉴새없이 맛없는 빵을 구워내고
묵은 누룩의 세계에서
누군가는 거친 빵을 뜯어먹으며 허기를 달랬다

오늘의 누룩은 무엇입니까?

강을 건너면서 예수는 제자들에게 말했지
바리새인의 누룩을 조심하라고

누룩의 비유와 겨자씨의 비유도 있지
그는 작은 씨앗이 자라 빵이 되거나 나무가 되는 기적을
말하며
떡 다섯 개와 물고기 두 마리로 오천 명을 먹였다

겨자씨를 본 적은 없지만

밀가루 세 홉을 들고 나는 누룩의 세계에 들어섰네

오늘은 어떤 누룩이 되어야 할까

부풀어오르는 반죽을 보며
누룩이라는 몸짓에 대해 생각한다

빵처럼 부푼 가슴에 대해
겨자씨에서 돋아난 싹에 대해
거친 빵을 뜯고 있는 손에 대해
거짓말과 헛소문을 퍼뜨리는 입술에 대해
오늘의 누룩은 무엇입니까, 묻고 있는 사람에 대해

길고 좁은 방

무슨 냄새일까

무언가 덜 익은 냄새와 물러터진 과육의 냄새
햇빛이 잘 들지 않는 방에서 나는 냄새
다른 세계에 도착했다는 것을 알리는 냄새
어제의 피로와 오늘의 불안이 공기 속에서 몸을 섞는 냄새

책상에 머리를 묻고 있는 사람은 알아차리지 못한다
묵은 종이처럼 자신에게
습기와 곰팡내가 스며 있다는 것을

길고 좁은 방 옆에는
똑같은 크기의 길고 좁은 방들이 있지만
옆방 사람과 마주친 적은 없다
기침 소리나 의자 끌리는 소리로 기척을 느낄 뿐

이 방에 머물렀다 떠난 사람에 대해서도
알지 못한다
페인트칠로 덮인 못자국들을 물끄러미 바라볼 뿐

길고 좁은 방은
표정을 지우고 서서히 사라지기에 좋은 구조다

먼지가 쌓여가는 책들과
바닥 위에 조금씩 늘어나는 얼룩들,
단단한 바닥재는
늪의 수면처럼 어룽거리는 무늬를 지녔다
각자의 흔들림을 감수하며
사람들은 늪에서 굳이 빠져나가려 하지 않는다

그러나 흔들림에 쉽게 익숙해지면 안 된다

흰 벽 위에
대여섯 개의 못을 박으려 한다
그림을 걸고 달력을 걸고 수건을 걸고 얼굴을 걸고 마음
을 걸고
뭐라도 걸어야 뿌리내릴 수 있다는 듯이

매일 메일로 전송되는 공문들,
출력물이 길고 좁은 방 여기저기에 흩어져 있고
공기청정기는 쉴새없이 돌아간다
제가 빨아들이는 먼지와 냄새의 정체를 알지 못한 채
이따금 깜박거리며 위험신호를 보낸다

삶은 조금씩 얇아져가지만
그렇다고 쉽게 사라질 것 같지는 않다

이 방에서 익혀가야 할 것은
사라짐의 기술

밖에서 누군가 문을 두드리고 있다

2부

얼룩을 지우는 얼룩들

유령들처럼

사람들은 우리를 보지 않는다

빗자루만 본다
대걸레만 본다
양동이만 본다

점점 투명해져간다
우리를 사람으로 보지 않기 때문이다

빗자루에 매달린 유령들처럼
구획된 선과 면을 따라 조용히 움직이는 우리를

날이 밝기 전부터
어둠 속에서 일하는 우리는
머리카락도 잡아낼 만큼 어둠에 익숙해진 우리는
손과 발 대신 수십 개의 더듬이를 지녔다
소리 없이 사라질 준비가 되어 있다

사람들은 우리를 보지 않는다

거리를 쓸다가
달리는 승용차에 툭 떨어져나갈 수도 있다
트럭에 매달려 끌려갈 수도 있다

그때가 되어서야 사람들은 간신히 우리를 본다
또는 유서를 남기고 사라진 후에야

바닥 아래 바닥이 있고
그 아래 바닥이 있고 또다른 바닥이 있고

계단 위에 계단이 있고
그 위에 계단이 있고 또다른 계단이 있고

창문 옆에 창문이 있고
그 옆에 창문이 있고 또다른 창문이 있고

엘리베이터나 자동문이 열려도
우리는 말을 하거나 고개를 들지 않는다
최대한 몸을 낮추고
사람들이 지나가기만 숨죽여 기다린다
점점 바닥에 가까워져간다

온갖 얼룩을 지우는 얼룩들처럼
유령들처럼

지나가다

저에게 남은 것은
한쪽 다리와 세 마리 개밖에 없습니다

그녀는 피켓을 세워두고 거리에 앉아 있다

사람들은 지나가고 지나가고 지나가고 지나가고 지나가고

옆에 휠체어가 놓여 있고
종이 박스를 펼쳐 만든 자리에는
개들이 잠들어 있다
깨어 있을 때도 좀처럼 짖는 일이 없다

누군가 그 자리에 데려다주면 종일 앉아 있다가
밤이 되면 어디론가 사라지는 그녀

그녀는 고개 들어 길 건너편을 바라보다
개들을 쓰다듬는다

신의 흔적이 있다면
남은 다리일까 사라진 다리일까
그녀에게 개들이 남아 있다는 것은 다행일까 불행일까

지진 후에도 몇 차례 여진이 지나갔지만

오늘은 모처럼 날씨가 화창하다   —

꽃 진 벗나무에는 잎이 돋기 시작하고
사람들은 지나가고 지나가고 지나가고 지나가고 지나가고

저에게 남은 것은
한쪽 다리와 세 마리 개밖에 없습니다

피켓을 읽으며 지나가는 사람들은
이따금 뒤돌아보지만 누구도 손을 건네지 않는다
살갗이 벗겨진 사람처럼 앉아 있는 그녀를

세 마리 개들만이 지키고 있을 뿐

토리노의 말*

거리에서 말의 목을 끌어안고 흐느꼈던 니체처럼

자신이 왜 우는지도 알 수 없으면서
무작정 울고 싶을 때는
살 수 있는 힘이 남아 있지 않을 때는
삶이라는 마부의 채찍을 빼앗아 던져버리고 싶을 때는

어찌해야 하나

마부의 말을 듣지 않는 것
단 한 걸음도 움직이지 않는 것
탁한 물과 시든 먹이를 삼키지 않는 것
점점 정물에 가까워지는 것

그것만으로 부족할 때는
어찌해야 하나

뜨거운 감자알을 쪼개먹으며
나무좀이 운명을 갉아먹는 소리를 듣는 날에는
그 소리조차 들리지 않게 되는 날에는

우물이 말라버리고
땔감과 기름이 떨어져버린 날에는

도무지 어찌해야 하나

바람 속 지푸라기처럼 떠나는 것
그러나 출구를 찾지 못하고 다시 돌아오는 것
점점 나빠지는 세상을 향해 문을 닫는 것
여섯째 날의 어둠을 받아들이는 것

어둠을 끝까지 응시하는 것

날감자를 쥐고
날감자를 쥐고

* 벨러 터르 감독의 영화 〈토리노의 말〉(2011).

허기가 없으면

빵을 원했지만
그가 얻은 것은 한 덩이 돌이었다

물고기를 달라고 했지만
발아래에는 뱀이 꿈틀거리고 있었다

달걀을 구했지만
손안에는 전갈이 들어 있었다

허기가 없으면 고통도 없을 텐데

그의 기도는 매번 제대로 된 응답을 받지 못했다
그럴수록 더 맹렬한 허기가 찾아왔다
돌이라도 삼킬 수 있을 것처럼

뱀이 발목을 물고 난 후에도
발목은 살아남았고

전갈이 손바닥을 찌르고 난 후에도
손바닥은 살아남았다

조금은 둔해지고 무심해진 얼굴로
그는 살아갔다

이번엔 무엇을 구할까 궁리하는 표정으로

허기가 없으면 삶도 없다는 듯

줍다

조개를 주우러 해변에 갔었어요
검은 갯벌 속의 조개들
그러나 손에 잡히는 건 빈 껍데기뿐이었지요

조개를 줍든
이삭을 줍든
감자를 줍든
상자를 줍든

몸을 최대한 낮추고 굽혀야 한다는 것

무엇을 만들거나 사지 않아도 돼요
줍고 또 줍는 것
이것이 내가 살아가는 방식이죠

쓰레기, 라는 말을 너무 함부로 쓰지 않나요?
누군가 남긴 음식이나 물건이 그렇게 표현되는 건 슬픈
일이지요
그들은 버림으로써 남긴 거예요
나의 나날은 그 잉여만으로도 충분해요

어떤 날은 운이 아주 좋아요
누군가 먹다 남긴 피자가 상자째 놓여 있기도 하지요

유통기한이 지났지만 신선한 통조림,
기분좋은 말 몇 마디나 표정을 주워오기도 해요
이따금 인상적인 뒷모습이나 그림자를 줍기도 하지요

자아, 둘러보세요
주울 것들은 사방에 널려 있어요
허리를 굽히며 다가가 건져올리기만 하면 돼요
손만큼 좋은 그물은 드물지요
다른 사람 몫을 조금 남겨두는 것도 잊지 마시고요

그날의 해변처럼
빈껍데기만 남아 있지 않도록 말이지요

허삼관 매혈기*

돼지간볶음 한 접시하고 황주 두 냥
아, 황주는 따뜻하게 데워서

피를 뽑고 나면 승리반점으로 달려갔어요
매혈이라도 할 수 있는 날은 그나마 운이 좋은 거예요

피를 팔기 전엔 물을 벌컥벌컥 들이켰지요
대체 몇 사발을 마셨는지
그래도 내가 속인 것은 피의 농도 정도였답니다

쪼록꾼은 익히 알고 있어요
유리병에 피가 들어갈 때 나는 소리와
비릿한 피냄새, 그걸 씻어내려면
더운 황주에 돼지간볶음을 먹어두어야 해요

열번째는 피를 팔다가 쓰러져 수혈을 받아야 했지요
힘을 팔고 온기를 팔고 남은 건 목숨뿐인데
어쩌겠어요 다른 도리가 없으니
누에고치를 배달하는 일보다는 이게 훨씬 나아요
한 번에 35원이나 받을 수 있으니

요즘엔 2주에 75만원 정도 받아요
1박 2일씩 두 번, 입원해서 피를 뽑으면 되지요

임상실험을 위한 생동성 알바
약을 먹고 누워서 한 시간 간격으로 피를 뽑아요
하루종일 누워 있으면
실험실의 쥐가 된 것 같기도 하지만
그래도 어쩌겠어요
일을 덜 하고 목돈을 손에 쥘 수 있으니

피를 뽑고 나서는 고깃집으로 가요
돼지간볶음과 더운 황주 대신
호주산 소불고기와 소주 한 병으로 몸을 달래죠

글쎄요, 앞으로 얼마나 더 할 수 있을지 모르겠어요
직장 다니며 주말 알바로는 괜찮은 편이지만
일 년에 두 번밖에는 못해요
그러니 호주산 소불고기와 소주 한 병도 1년에 두 번만
아, 소주는 아주 차갑게

* 위화, 『허삼관 매혈기』, 최용만 옮김, 푸른숲, 2007.

선 위에 선*

1

27년간 수감된 만델라를 칭송하던 언론들도 우리에 대해
서는 침묵했어요 이 땅에 30년 넘게 갇혀 있는 장기수가 이
렇게 많다는 사실에 대해서는

그들은 '대한민국 만세'를 불러야 약을 주겠다고 했어요
그러나 맞아죽으나 얼어죽으나 아파죽으나 별로 다를 게 없
었지요

하루는 팔순이 넘은 노모가 동생이 보낸 영치금 5만원을
들고 어렵게 면회를 오셨어요 물론 나를 설득하라는 조건으
로 이루어진 면회였지요 어머니, 이 돈으로 보약이나 해서
드세요 보약이 따로 있나 감옥에서라도 네가 건강한 게 나
에겐 보약이지 그 5만원을 저는 차마 쓸 수 없었어요

날이 추워지고 비까지 추적추적 내리는 날, 스피커를 통
해 들려오는 가족들의 편지는 정말 견디기 어려웠어요 성우
가 낭송하는 애절한 편지를 듣다보면 내가 얼마나 모진 놈
인가 싶었지요 비 내리는 늦가을 저녁에는

그들은 사람을 괴롭히는 데 자연까지도 활용했어요 4월이
면 솜옷을 거두어가는데, 변기 위의 통기구로 들어오는 찬
바람을 홑껍데기로 견디자니…… 뼛속 깊이 파고드는 냉기

에 잠을 잘 수가 없었어요 그런데 구멍을 신문지로도 막지
못하게 했어요 바람이 우리의 고문자였지요

　어떤 때는 한 평도 안 되는 방에 열 명을 밀어넣었어요 인
간이 인간을 못 견디게 하려는 체벌이었지요 그러나 벽에
무릎이 닿은 채 다른 사람을 무릎에 앉히고 이야기를 나누
느라 우린 밤을 지새웠어요 몸은 불편해도 얼마나 행복했는
지 몰라요 누군가의 말소리가 들린다는 것이 꿈만 같아서

　출소를 했지만 그들은 가족의 연락처도, 심지어 부모님
묘지가 어디 있는지도 가르쳐주지 않았어요 형기를 다 채우
고 나왔는데, 1975년 사회안전법이 생기면서 다시 수감되었
어요 나온 뒤에도 석 달마다 보안관찰 신고를 해야 했지요
2년마다 재심사를 받아야 했고요

　사상이 대체 뭐길래 너희는 가족도 내던지고 버티느냐? 그
들은 말했지요 글쎄요 사상도 중요했지만 무엇보다 내 양심
을, 자존심을, 내려놓을 수가 없었어요 인간이라는 품성을

　세상이 나를 몰아간 것인지 내가 그 길을 선택한 것인
지…… 아마 둘 다겠지요 원치 않는 무언가를 하지 않는 일
만으로도 그렇게 힘들었어요 42년, 한 생이 다 지나갔어요

2

몇 개의 선들이 전류처럼 흘러들었다

선 위에 너무 오래 서 있다 그대로 선이 된 사람

어디 한 발 디딜 곳 없이 살아온 사람

아직 고향에 닿지 못한 사람

영하 7도, 머리맡에 물이 얼어도 정신은 얼지 않았던 사람

고문에 못 이겨 오줌통에 뛰어들었던 사람

나란히 놓인 이혼서류와 전향서 앞에서 오열했던 사람

종이 한 장의 무게를 견뎌낸 사람

핏줄이라는 선조차 포기해야 했던 사람

그들이 원하는 말을 끝내 하지 않으려고 혀를 깨물었던
사람

백련강(百鍊剛), 백 번을 두들겨맞아 단단해지는 쇠처럼

버텼던 사람

　손이 부서지도록 벽에 타전하며 인간임을 확인했던 사람

　영혼이라는 게 있음을 증명한 사람

　0.75평의 감옥에서 붓을 세워 선을 그렸던 사람

　감옥 밖에서도 또다른 감옥에 갇혀 있는 사람

　그러나 형형한 눈빛과 목소리만은 빼앗기지 않은 사람

　선 위에 서서 선이란 무엇인가 묻고 있는 사람

　무수한 선들을 넘어 무수한 선들과 함께 무수한 선들을
이룬 사람

　* 장기수 붓글씨 전시회 〈선(線) 위에 선(立)〉. 이 시의 내용은 2019년
4월 21일 장기수 선생님들과의 대화 시간에 들은 내용을 재구성한 것
이다.

묻다

묻어도
너무 많이 묻었어요
여기는 죽음의 무진장이에요
캐도 캐도 시체들의 잔해가 자꾸 나와요

얼굴이 반 이상 잘려나간 시체도 있어요
엄마는 아들을 몰라봤지만
어쩐지 그 청년에게 마음이 끌렸다고 해요

40년을 기다려도
돌아오지 않은 자식이 있어요
내가 죽기 전에는 묻어주고 가야 할 턴디,
눈 못 감는 엄마가 여기 있어요

시체들을 실은 비행기는 바다로 갔지요
군인들은 시체를 철로 된 레일 토막에 묶은 뒤
천으로 싸서 바다에 던졌어요
바닷바람에 떠오르거나 밀려오지 않도록

잠수부는 말합니다
시체가 바닥에서 떨어지지 않아요
어떤 힘이 영혼을 꽉 붙잡고 있는 것일까요

그러나 바다는 기억하고 있어요
철이 붉게 녹슬고 따개비로 덮인 뒤에도
작은 단추 하나가 썩지 않고 남아서 말해주기도 합니다
살육은 어떻게 은폐되는지
결국은 드러나는지

그 단추는 누구의 옷섶에서 빛나던 것일까요

제발,
더는, 묻지 마세요

묻어도
너무 많이 묻었어요
여기는 죽음의 무진장이에요
답할 수 없는 질문의 무진장이에요

이덕구 산전*

청동 밥상 위에는
숟가락과 젓가락 한 쌍

  산전에는 까마귀들뿐이네 조릿대 무성한 산길을 헤치고
북받친밭을 지나 이제야 여기 와 무릎 꿇고 음복을 하네 오
랜만에 무얼 좀 잡수셨는가 담배 한 대 놓아두고 향 피워두
고 슬픈 노래도 몇 자락 보태네 듣고 있는가 하늘 가득 몰려
든 까마귀 울음소리를

  아앙 아앙 아앙 아앙 아앙 아앙 아앙 아앙
  피붙이 잃은 울음소리를

  산전에는 검은 돌이 지천이네 듣고 있는가 검은 돌 속으
로 들어가는 사람을 부둥켜안은 사람의 어깨를 붙잡고 있는
사람의 등에 고개를 묻은 사람의 팔을 붙잡고 따라 들어가
는 사람을 향해 소리치고 있는 사람을 바라보며 울고 있는
사람의 눈물을 닦아주는 사람 곁에 주저앉은 사람과 바닥
에 쓰러진 사람과 그 품에서 울고 있는 아기의 울음소리를

  아앙 아앙 아앙 아앙 아앙 아앙 아앙 아앙
  젖 보채는 울음소리를

  깨진 가마솥 사이로 무성한 고사리들

돌 위에 피어난 푸른 이끼들
흩어진 사기 조각들

녹슨 깡통 속의 빗물에
어린 까마귀들 목을 축이다 날아오르고

그가 다녀갔는지 숟가락 끝에 물기가 묻어 있다

* 제주 조천읍 교래리에 있는 4·3항쟁의 전적지로, 인민유격대장
이덕구가 자살 또는 사살되었다고 추정되는 산전.

너무 늦게 죽은 사람들

불에 그을린 다섯 구의 시신

장례도 치를 수 없어 영안실 냉동고로 옮겨졌다 그러나
어떤 냉기도 그들을 얼릴 수 없었다

2009년 1월 19일
용산 4구역 남일당 망루,
더이상 물러날 곳이 없던 그들은
불길 속에서 살려달라고 외치던 그들은
냉동고 속에서도 외쳤다

너무, 뜨거워요
여기, 사람이 있어요
이 뜨거운 얼음 속에서, 우릴 좀 꺼내주세요

영하 20도의 냉동고 속에서
불을 앓던 사람들은
355일 만에야 풀려나 비로소 흙으로 돌아갔다
너무 늦게야 죽을 수 있었다

그 자리에는 유리로 된 마천루와 주차장이 들어섰다
흙과 불의 기억은 지워졌다

완벽하게 포장되어
그날의 기억이라곤 남아 있지 않은,
풀 한 포기 자라지 않는 아스팔트 위에서 두리번거렸다
그날의 화염과 비명의 메아리를 기억해내려고

그해 여름 용산역 앞에서
전단지를 나누어주던 내 손목이 떠올랐다
전단지를 받아들거나 내팽개치던 행인들의 손목이

너무 늦게 죽은 사람들을
너무 일찍 잊어버린 사람들 속에 오래 서 있었다

어떤 목소리도 들리지 않는 것처럼

—누구를 기다리고 있나요?
—우리 아이요.
—이 차가운 바람 속에 언제까지 계시려고요?
—주검이라도 기다려야지요.
—이제는 누군지 알아볼 수도 없을 텐데요.
—그래도 여길 떠날 수는 없어요.
  제발, 아이 장례만이라도 치르고 싶어요.

사고 197일 만에 황지현 돌아옴.
14번의 수색 끝에 발견함.
4층 여자화장실.
18번째 생일.
255번째 장례식.

한 민간 잠수사는 손목에 자해를 했다

—문득문득 견딜 수가 없어요.
  손목에 벌레가 스멀거리는 느낌이 들어서.

구조를 도왔던 트럭 운전사는 자살을 시도했다

—눈, 눈동자가, 자꾸만 떠올라요.
  배에 남아 있던 유리창 너머 눈동자가.

친구를 남겨둔 채 구조된 아이는 울면서 말했다

—내가 죽을 때까지…… 허제강 생일이 내 생일이에요.

—무엇을 잃었습니까?
—모든 걸 잃었어요. 도무지 믿어지지가 않아요.
—아이를 기다리면서 무슨 생각을 했나요?
—울기만 했어요.

그러나 사람들은 무심한 표정으로 밥을 먹고 출근을 했다
어떤 목소리도 들리지 않는 것처럼

피투성

흙속에서
그 얼굴을 알아보았네

끝이 거의 문드러져
아무것도 열 수 없게 된 열쇠 하나를

어떤 화염이 지나갔을까

누군가 긋고 간 성냥처럼
먼 곳에 던져진, 던져진, 내던져진 불꽃

세상의 문들이
일제히 눈앞에서 닫히고
그는 흙투성이가 되어 깨달았을지 모르지

피투성은 우리를 피투성이로 만들 수밖에 없다는 것을

사람들이 밟고 가는 흙속에서
언뜻 그를 알아보았네

어디로도 돌아갈 수 없게 된 그는
미움으로 눈멀었으리라

뿔과 발톱과 견치로 싸우던 시절
피투성이가 되어 싸울수록
세계의 핏물은 점점 진해지고 흥건해지고

핏물 속에서 간신히 건져올린
부서진 얼굴

여기서는 던져진 돌조차 땀을 흘린다

저 바위는 언젠가

바위에서 긁어낸 이끼들로
배를 채운다

그럴 때마다 바위에 아주 작은 상처를 입힌다

최소한의 양분으로도 살 수 있게 되고
창자는 점점 단순해지고

저 바위는 언젠가 사라질 것이다
허기진 손톱들에 의해

3부

두려움만이 우리를 가르칠 수 있다

어떤 부활절

박테리아와 바이러스는
마침내 가장 두려운 신이 되었다

보이지 않는다는 이유 때문에
지나가는 곳마다 사람들이 툭툭 쓰러지는 위력 때문에
인간이 바람에 날리는 겨와 같은 존재라는 걸 보여주기
때문에

박테리아와 바이러스에게 마음이 있다는 증거는 없지만
가장 오래되고 지적인 이 존재는
일찍이 영원불멸할 수 있는 비밀을 터득했다

무언가 얻으려면 무언가를 버려야 해
우리가 포기한 것은 독립성,
대신 어떤 생물에도 깃들 수 있게 되었지
세상에 편재하게 되었지
억조창생의 역사는 그렇게 시작된 거야

그들이 지나갔을 법한 길목마다
흰 텐트가 들어서고 사람들은 줄을 서서 입을 벌리고
하루에도 몇 번씩 손을 씻으며 중얼거린다
괜찮겠지, 괜찮겠지, 괜찮겠지, 아무 일 없겠지

일제히 문을 닫은 예배당,
종일 검은 티브이에서 흘러나오는 재난방송을 설교보다
더 열심히 들으며 안식일을 보냈다

드라이브스루로 고해성사,
자동차에 앉아 있는 동안 신이 잠시 스쳐간 것 같기도 하다

이번 부활절에는
아무도 부활하지 않았다

부활절 계란에는 마스크 쓴 얼굴들이 그려졌고
집에는 바이러스 대신 먼지가 쌓여갔다
창문을 열면 먼지가 잠시 날아올랐다가 내려앉았다
천사의 잿빛 날개처럼
보일 듯 말 듯 희미하게, 그러나 자욱하게

사라지는 것들

하나씩 사라졌다

정수기가 사라졌다
전기 콘센트가 사라졌다
벽에 걸린 티브이가 사라졌다
보이지 않게 소리도 없이 사라졌다

방역에 방해가 된다고 여겨지는 것들은 무엇이든

자정 넘으면
쉼터도 문을 닫고
방문자센터도 폐쇄되고
공공화장실도 잠겨 있고
급식소도 당분간 열지 않는다

역에서 잘 수 없게 되자
사람들은 천막을 칠 수 있는 곳을 찾아냈다
날이 추워지기 전까지는 그럭저럭 버틸 수 있겠지
여자들은 천막도 칠 수 없다
한밤중에 누가 덮칠지 알 수 없기에
그나마 여자화장실이 안전하다
똥 묻은 휴지가 넘쳐나고
오줌 섞인 물이 바닥에 흥건해도 어쩔 수 없지만

길에서 자는 사람들이 실제로
바이러스의 숙주가 된 적은 많지 않다
도시의 섬처럼 각자 떠다니니까

그런데도 왜 하나씩 사라지는 것일까

우리를 사라지게 하려고?
멸종저항운동이라도 벌여야 할까?

그들이 사라지게 하고 싶은 것은
정수기나 전기 콘센트나 티브이가 아니라
거기 줄을 대고 있는 존재들,
가장 확실한 시각적 방역을 위해 사라져야 할 존재들

사라지는 것들은
어느새 사라진 것들이 되었다

숙과 홀*

1
남해의 숙(儵)과 북해의 홀(忽)은 만났다

혼돈의 땅에서
갑자기 나타남과 갑자기 사라짐 사이에서

숙과 홀이 만나면
북풍과 남풍이 하나로 통했고
숲의 나무와 바다의 해초들이 함께 일렁거렸고
물고기와 새들이 뒤섞여 날았다

한없이 줄어들었다가 한없이 늘어나는
혼돈의 땅은
어디로든 들어가 어디로든 나올 수 있었다

혼돈은
눈도 코도 입도 귀도 없지만
숙과 홀의 말을 알아들을 수 있었다
구멍이 없으니
먹거나 배설할 필요도 없었다

사람이 살 수 있는 것은
몸에 일곱 개의 구멍이 있어서인데

혼돈에게는 구멍이 하나도 없지 않은가,
숙의 말에 홀은 고개를 끄덕였다

숙과 홀은
혼돈의 땅 전체가
거대한 구멍이라는 것을 알지 못했다

숙과 홀은
혼돈의 땅에 하루에 하나씩 구멍을 파내려갔다
이레가 지나고 마침내

혼돈은 죽었다

숙과 홀은 더이상 만날 수 없었다
누구도 갑자기 나타났다 갑자기 사라질 수 없었다

혼돈의 풀과 나무는 천천히 시들어갔다

2
까마득한 세월이 흘러 숙과 홀이 다시 만난 것은
또다른 혼돈의 땅이었다

남해와 북해의 황제였던 숙과 홀은

누더기를 입고 땅을 기어가다가 서로를 알아보았다
개미들이 들끓는 혼돈의 땅에는
수천 개의 구멍들, 그리고
구멍에 빠지지 않으려고 발버둥치는 중생들로 넘쳐났다
바이러스가 창궐하고 산불이 번져가고
물고기와 새들이 후드득후드득 떨어져내렸다
고장난 신호등은 위태롭게 깜박거리고

숙과 홀은 다시 만났다

혼돈의 땅에서
갑자기 나타남과 갑자기 사라짐 사이에서
바이러스가 어디서 들어와
어디로 나올지 알 수 없는 허공에서

숙과 홀은 자신이 파놓은 구멍들을 알아보지 못했다

도시의 수많은 맨홀들 사이에서
개미지옥들 사이에서

* 『장자(莊子)』 제7편 「응제왕(應帝王)」.

홍적기의 새들

거대한 공룡은 사라졌지만
물고기와 새와 인간은 어떻게 살아남았는가
깃털을 잃어버린 새는
왜 점점 날카로운 부리를 지니게 되는가
침엽수들은 얼마나 더 뾰족해질 것인가
메마른 가지에는 왜 가시가 돋아나기 시작하는가
새들은 왜 새벽부터 울고 있는가
어둠은 울음을 통해 무엇을 가져다주려 하는가
해를 삼킨 것은 누구인가
비닐이나 표류물은 어디에 쌓이는가
새로운 빙하기는 언제 끝나는가
왜 얼음덩어리뿐인가
까마귀는 지빠귀는 어디 있는가
히드라들은 어디서 왔는가
머리 하나가 잘려나가면
정말 두 개의 머리가 돋아나는가
잘려나간 머리에서는 얼마나 많은 피가 흘러나왔는가
얼마나 많은 피가 하수구로 흘러내렸는가
살육의 증거들은 왜 희미해지는가
하늘과 땅 사이에 휘몰아치던 바람은 고요해졌는가
돌멩이들은 왜 날아오르지 않는가
죽은 새들은 어디로 갔는가
새들마저 다 죽으면 홍적기 다음에는 무엇이 오는가

곰의 내장 속에서만

괴혈병에 걸리면 더이상 고기를 씹을 수 없게 되고
북극에서 그것은 죽음을 의미하는 것

북극에서는 죽어도 썩을 수가 없다지
유빙들 사이로 떠다니며 영원히 잠들 수 없다지

죽으러 갈 수 있는 곳은
북극곰의 내장,
따뜻한 내장 속에서만 천천히 사라질 수 있을 뿐

아들은 병든 어머니를 업고 가서 얼음 벌판에 내려놓고
어머니를 곰에게 먹이로 바치고
어머니는 어서 가라, 아들에게 손을 흔들고
아들은 몇 번이나 뒤를 돌아보고
언젠가 자신이 묻힐 곰의 캄캄한 내장 속을 생각하고

이글루 속에서
이글루 속에서

아이들은 자라고
아이들의 이도 자라고
물개나 바다표범을 사냥하는 법을 배우고

곰을 잡아 곰고기도 먹지만
이누이트족이 곰의 내장을 먹지 않는 건 그래서일까*

더운 그것이 어머니의 무덤인 것만 같아서
아직 그 속에 남아 있는 것만 같아서

* 실제로는 곰의 내장에 치사량의 고농도 비타민A가 들어 있기 때
문이라고 한다.

북극의 나눅*

나눅, 이라는 사람을 아세요?
그는 지혜롭고 잘 웃는 사람이었지요
얼음 속에서 해마나 바다표범, 여우를 능숙하게 잡았고
이글루도 한 시간이면 만들었어요
가족을 먹여 살리기 위해서라면 뭐든 했지요
백인들과도 친하게 지내며 뛰어난 생존 감각을 지닌 그는
카메라 앞에서 제법 그럴듯한 연기를 해 보였어요
밤에는 플라어티의 오두막에서 영화에 대한 의견을 내기
도 했지요
그는 총을 사용할 줄 알았지만 칼과 작살로 사냥을 했어요
에스키모다운 원시성을 보여주기 위해서였죠
그가 좋아하는 고기는 바다표범
가장 따뜻하고 영양분이 많은 고기였지요
잡은 자리에서 가죽을 벗겨내고
생고기를 베어 가족들과 맛있게 나누어 먹었어요
손과 입가에 번지는 붉은 피,
날고기를 먹는 야만인,
에스키모라는 말은 그렇게 해서 생겨났지요
이누이트족은 에스키모라는 말을 싫어했다고 해요
인간이라는 뜻의 이누이트,
스스로 그렇게 불렀고 그렇게 불리길 원했어요
눈썰매를 끄는 개들이 말썽을 부리면
사나운 개들의 싸움을 말릴 수 있는 것도 나눅뿐이었어요

식량이 떨어지면 개들은 서로에게 이빨을 박으며 으르렁 ─
거렸지요

그들은 말했어요
나눅은 사슴을 잡으러 갔다가 굶어죽었다고
그런데 나눅은 영화 덕분에 유명한 모피 광고모델이 되
었다가
결핵으로 죽었다고 해요
북극의 얼음 위에서 끝내 돌아오지 못한 사람,
끝내 돌아오지 못함으로써
백 년 후에도 이따금 화면 속에서 활짝 웃고 있는 사람,
나눅에게 문명인이란 어떤 존재였을까요
카메라와 필름을 가져와 자신을 찍어대는 사람들을
나눅은 아주 친절하게 대했지요
그들은 얼음 위에서 너무 약한 존재들이었으니까요

* 로버트 플라어티(Robert Flaherty)가 1922년에 만든 최초의 다
큐멘터리.

─

빙하 장례식*

알프스 기슭에 사람들이 모여들었다
피졸산 빙하 장례식의 조문객들은 꽤 먼 길을 왔다

검은 옷에 검은 모자를 쓴 남자들과
검은 옷에 검은 스카프나 베일을 두른 여자들
그리고 지구의 빙하가 모두 녹은 세상에서 살아야 할
아이들도 있었다

흩어진 돌로 쌓은 빙하의 무덤 위에
꽃을 내려놓는 손

호른에서 흘러나온 장송곡이 허공에 울려퍼졌다

아이슬란드에서는 오크 빙하가 처음으로
빙하의 지위를 잃었고
〈미래로 보내는 편지〉라는 추모비가 그 자리에 세워졌
다**

지구의 온도가 올라갈 때마다
빙하의 백색 군대는 온 힘을 다해 싸웠지만
거대한 전선이 무너져내리기 시작한 것은 벌써 오래전이다

불과 얼음의 전투에서

후퇴, 후퇴, 후퇴, 후퇴만이 있을 뿐

컬럼비아 빙하는 지난 3년 동안 4킬로미터나 후퇴했다***

푸른 피는 바다로 흘러내리고
크고 작은 유빙들이 전사자의 시체처럼 떠다니고

□□□□□□□□□□□□□□□□□□□□
□□□□□□□□□□□□□□□□□□□□
□□□□□□□□□□□□□□□□□
 □□□□ □□ □□□□□ □□□□□
□□□□ □□□□ □□□□□ □□□
 □□□ □ □□□ □□□□□□
□□□ □ □ □□□ □□□□
□□□ □□□□□□□□□
□□ □□□ □□□□□□□□ □
□□□□□ □□□ □□□□ □□ □□
 □□□□□□ □□□ □ □□ □
□□□□ □□□□□□□□ □□ □
 □□ □ □□□□□□
□□ □□□□□
□ □□□ □
□□□□□□□□□

—   세계는 이미 많은 지붕을 잃었다

알프스의 만년설도
킬리만자로의 만년설도 얼마 남지 않았다

스토어 빙하, 솔헤이마 빙하, 마타누스카 빙하, 페테르만
빙하, 오크 빙하, 서프라이즈 빙하, 플랑펭시외 빙하, 웁살
라 빙하, 멘덴홀 빙하, 알레치 빙하, 페리토 모레노 빙하,
프란츠 조셉 빙하, 뮤어 빙하, 아싸바스카 빙하, 바트나 빙
하, 테일러 빙하, 크로네 빙하, 브릭스달 빙하, 야콥스하븐
빙하, 라르센 빙하, 스미스 빙하, 포프 빙하, 콜러 빙하, 토
튼 빙하

우리는 저 사라진, 사라져가는 얼음덩어리로부터 왔다

얼음 치마에서 멀리 떨어져나와 불의 도시에서 살아가는
우리는
빙하가 쪼개지는 비명에 잠이 깨기도 한다
그러곤 뒤늦게 깨닫는다
온통 시퍼런 핏물로 흥건해진 꿈이 꿈만이 아니라는 것을

매일매일이 빙하들의 장례식이라는 것을

—

* 2019년 9월 22일 스위스 알프스산맥의 해발 2700미터 피졸산 정상 밑자락에서 지역 주민과 환경운동가들 250여 명이 기후 위기의 심각성을 경고하는 '피졸산 빙하 장례식'을 치렀다(한겨레 2019년 9월 23일 기사 참조).
** 아이슬란드에 700년 만에 사라진 '빙하 추모비'(연합뉴스 2019년 8월 18일 기사 참조).
*** 제프 올로스키 감독의 다큐멘터리 〈빙하를 따라서〉(2012)에 나오는 제임스 발로그의 말.

장미는 얼마나 멀리서 왔는지

방금 배달된 장미 한 다발

장미는 얼마나 멀리서 왔는지
설마 이 꽃들이 케냐에서부터 온 것은 아니겠지

장미 한 다발은
기나긴 탄소 발자국을 남겼다, 주로 고속도로에

장미를 자르고 다듬던 손목들을 떠나
냉동 트럭에 실려오는 동안
피고 싶은 욕망을 누르고 누르다
도매 상가에 도착해서야 비로소 피어나는 꽃들

도시의 사람들은
장미 향기에 섞인 휘발유 냄새를 눈치채지 못한다

한 송이 장미꽃을 피우기 위해서는
봄부터 소쩍새가 아니라
7에서 13리터의 물이 필요하단다
그리고 그보다 훨씬 많은 휘발유가 필요하겠지

스무 송이의 자연
조각난 향기

피어나기가 무섭게 말라가는 꽃들

퇴비 더미가 아니라 소각장에 던져질 장미 한 다발

오늘은 보이지 않는 탄소 발자국을 따라가보자
한 다발의 장미가 피고 질 때까지

젖소들

축사 안의 젖소들은
한 번도 풀을 밟아본 적이 없다

젖소들은 젖은 풀 대신
레일을 따라 움직이는 수레 속의 사료를 먹고
로봇 착유기를 오가며 젖을 내준다

전자인식장치와 카메라는
정확히 젖소와 유방의 위치를 읽어낸다
세척 롤러가 일제히 작동하고
착유기는 유두컵을 씌워 젖을 짜기 시작한다
컨베이어벨트처럼 돌아가는
빨간색 3D 레이저 스캔 장치에도
젖소들은 더이상 놀라지 않고 몸을 맡긴다

하루 24시간, 일주일 내내,
몇 년 동안 쉬지 않고,
당신 젖소들의 젖을 짜드립니다

그래, 우리에겐 더 많은 로봇이 필요해!

파업도 결근도 없는
이 한결같은 직원들을 고용하기 위해

은행 융자를 받고
축사를 다시 정비하고
위생 용품과 방부제를 구입하고
사료를 위해 더 많은 옥수수를 재배하고
그러기 위해 더 많은 트랙터를 장만하고
생산량을 채우기 위해 착유기를 계속 돌리고
문제가 생긴 젖소들을 도살장으로 보내고
대기업 간부와 가격을 협상하고
젖을 짜듯 머리를 쥐어짜고
삶을 쥐어
짜고

그저 남은 몇 잔의 우유를 마시며 계산기를 두드린다

기계를 몇 대 더 들여놓아야 할지
젖소를 몇 마리 더 처분해야 할지

매미에 대한 예의

17년 전 매미 수십억 마리가 이 숲에 묻혔다
그들이 땅을 뚫고 올라오는 해다

17년의 어둠을
스무 날의 울음과 바꾸려고
매미들은 일제히 깨어나 나무를 오르기 시작한다

그러나 나무에서 나무로 옮겨 앉을 뿐 멀리 날 수도 없다
울음을 무거운 날개로 삼는 수밖에 없다

저 먹구름 같은 울음이
사랑의 노래라니

땅속에 묻히기 위해 기어오르는 목숨이라니

벌써 소나기처럼 후드득 떨어져내리는 매미도 있다
하늘에는 울음소리 자욱하고
땅에는 부서진 날개들이 수북이 쌓여간다

매미들이 돌아왔다

울음 가득한 방문자들 앞에서
인간의 음악은 멈추고

숲에서 백 년 넘게 이어져온 음악제가 문을 닫았다

현(絃)도 건반도 기다려주고 있다
매미들이 다시 침묵으로 돌아갈 때까지

검은 잎사귀

그곳의 지명에는
대재앙이 예언되어 있었던 것일까

체르노빌, 검은 잎사귀

잎사귀 하나 만들지 못하는 인간이
도시를 검은 잎사귀로 만들어버리는 건 너무도 쉽다

원자로의 결함과
몇 개의 우연 또는 필연,
눈이 멀 것 같은 화염 다음에 벌어지는 일들을
누구도 예측하거나 상상하지 못했다

발전소 근처에 끝없이 널린 시체들
머리가 두 개 달린 새
한쪽 지느러미가 없는 물고기
더이상 꽃을 피우지 않는 사과나무
기형의 토마토와 감자
죽음이 깃들어 있는 빵과 소금
털이 피폭된 개와 고양이
피와 침을 흘리는 말
온몸이 궤양과 부스럼으로 뒤덮인 남자
갑자기 죽어버린 임산부와 소녀

그러나 150만 명의 죽음에 대해 이제 아무도 말하지 않
는다

반경 30킬로미터 구역의 주민들을 이주시켰지만
200만 명이 넘는 벨라루스 사람들이 오염된 지역에 그대
로 남았다*

몇 년 동안 기근이 계속되고
사람들 속에는 허기진 짐승이 하나씩 자라고
집안의 태울 수 있는 것은 다 태우고
먹을 수 없는 것까지 먹어치우고
재앙을 죽음의 샌드위치처럼 나누어 먹었다

보이지도 들리지도 않지만
세상을 검은 잎사귀처럼 태워버린 방사선은
얼마나 깊이 뿌리내리고 있는지
흙을 걷어내도 걷어내도 불의 입자는 사라지지 않는다

두려움만이 우리를 가르칠 수 있다**
그녀는 이렇게 말했지만
몇 번의 핵 수업에서 우리는 무엇을 배웠나

이따금 재앙의 흔적을 구경하러 관광객들이 찾아오지만

폐허가 된 건물 사이로 풀과 나무가 무성해지고
야생동물이 넘쳐나지만
누구도 풀밭에 앉거나 열매를 따지 않는다

부서진 프로메테우스 동상과
죽음의 천사가 함께 서 있는 그곳에서는

* 스베틀라나 알렉시예비치, 『체르노빌의 목소리』, 김은혜 옮김, 새잎, 2011, 208쪽.
** 같은 책, 5쪽.

저 낙엽이 돌아오지 않는다면

가을이 돌아오지 않는다면
지천에 구르는 저 낙엽도 사라질 것이다

햇살이 쓰다듬기 전에
바람이 데려가기 전에
흙더미에 묻혀버리기 전에

낙엽이 돌아오지 않는다는 걸 알게 된다면
모두들 개미떼처럼 달려들어 갉아먹을 것이다

돌아오기 때문에
돌아올 거라고 믿기 때문에 온전히 남겨진 것은
저 낙엽만이 아니겠지, 그러니
지금은 남아 있는 낙엽에 가슴을 쓸어내릴 때
나무의 뿌리가 남아 있는 한 낙엽이 돌아오리라는
뿌리깊은 믿음을 차라리 축복해야 할 때

꽃 피고 잎 지는 것의 평화는
아무도 모르기 때문
저 낙엽이 돌아오지 않으리란 걸 모르기 때문

피난의 장소들

심지어 독재자에게도 피난의 장소는 필요했지요
사담 후세인이 체포된 구덩이처럼

두 농가 사이에 파놓은 작은 땅굴,
발치에는 에어컨을 놓고
머리맡에는 달러를 쌓아두었던 은신처에서
사담 후세인이 끌려나오던 날
초췌한 도망자를 누구도 알아보지 못했다지요

좀더 일찍 그가 잡혔다면
좀더 많은 사람들이 죽음을 면할 수 있었을까요

최근엔 아프가니스탄 대통령도 피난을 갔지요
아슈라프 가니, 그의 피난처는 아직 알려지지 않았지만
꽤 오랜 기간 버틸 수 있을 거예요
헬기 가득 달러를 싣고 갔다니

그가 도망가지 않았다면
탈레반은 더 많은 사람들을 학살했을까요

누구에게나 피난의 이유가 있지만
누구에게나 피난의 기회가 주어지는 것은 아니지요

이륙하는 비행기에 매달린 사람들 움직이는 기체에서 떨어진 사람들 트럭을 타고 도망치는 사람들 현상금이 걸린 채 쫓기는 사람들 산맥을 넘어 밀입국을 시도하는 사람들 검문에 걸려 사살된 사람들 걷고 또 걸어서 국경을 향해 가는 사람들 곰팡이 핀 빵을 먹고 웅덩이의 물을 마셔야 하는 사람들 국경을 넘지 못하고 천막에서 살고 있는 사람들 보트를 타고 국경을 넘었지만 해양 경비대에게 발각된 사람들 난민 신청을 해도 받아들여지지 않은 사람들 다시 추방된 사람들 도망도 못 간 채 강제로 징집당한 청년들 여성이라는 이유로 집밖으로 나오지 못하는 사람들 가족의 탈출을 위해 조혼을 해야 하는 소녀들 영양실조로 죽어가는 아이들 길에서 아기를 출산하고 있는 여성들 폭탄 테러에 죽거나 팔다리가 잘려나간 사람들 보복의 대상이 되어 총구 앞에서 떨고 있는 사람들 사람들 사람들 사람들 사람들 사람들 사람들 사람들

피난의 장소마저 잃은 사람들은 어디로 가야 하나요

4부

달리는 기관차를 멈춰 세우려면

가능주의자

나의 사전에 불가능이란 없다,
그렇다고 제가 나폴레옹처럼 말하려는 건 아닙니다

오히려 세상은 불가능들로 넘쳐나지요
오죽하면 제가 가능주의자라는 말을 만들어냈겠습니까
무엇도 가능하지 않은 듯한 이 시대에 말입니다

나의 시대, 나의 짐승이여,*
이 산산조각난 꿈들을 어떻게 이어붙여야 하나요
부러진 척추를 끌고 어디까지 가야 하나요
어떤 가능성이 남아 있기는 한 걸까요

그럼에도 불구하고,

저는 가능주의자가 되려 합니다
불가능성의 가능성을 믿어보려 합니다

큰 빛이 아니어도 좋습니다
반딧불이처럼 깜박이며
우리가 닿지 못한 빛과 어둠에 대해
그 어긋남에 대해
말라가는 잉크로나마 써나가려 합니다

나의 시대, 나의 짐승이여,
이 이빨과 발톱을 어쩌하면 좋을까요
찢긴 살과 혈관 속에 남아 있는
이 핏기를 언제까지 견뎌야 하는 것일까요

그럼에도 불구하고,

아직 무언가 가능하다고 말하는 사람이 되는 것은
어떤 어둠에 기대어 가능한 일일까요
어떤 어둠의 빛에 눈멀어야 가능한 일일까요

세상에, 가능주의자라니, 대체 얼마나 가당찮은 꿈인가요

* 오시프 만델슈탐, 「시대」, 『아무것도 말할 필요가 없다』, 조주관 옮김, 문학의숲, 2012, 96쪽.

달리는 기관차를 멈춰 세우려면

김수영이 4·19 무렵 쓴 시들을 다시 읽는다
격문에 가까웠던 언어들이
나지막한 구릉에서 숨을 고르고 있는 모습을 보며
마르크스와 벤야민의 말을 떠올린다

마르크스가 혁명을
세계사의 기관차에 비유했다면

벤야민은 혁명을
기차 탄 사람들이 잡아당기는 비상브레이크라고 말했지*
달리는 기관차를 멈춰 세우는 것이라고

달리는 기관차를 멈추게 하는 장력은

얼마나 고요해야 하는지
얼마나 자유로워야 하는지
또는 얼마나 천진해야 하는지

아내의 방에 와서도 점점 어린애가 되어갔다던 김수영처럼
혁명은 안 되고 방만 바꾸어버렸다던 김수영처럼

7월혁명의 시간을 멈추게 하려고
시계탑을 향해 총을 쏘아댄 사람들도 있었지

해와 달을 멈추는 대신 광장의 시계라도 멈추게 하려고 　—
새로운 역사의 달력을 만들어보려고

그러나 시간을 쏘는 것도
달리는 기차를 폭파하는 것도 이미
우리의 선택을 벗어난 일

혁명이 불가능한 시대에 그는 말한다

저 타들어가는 심지를 잘라라,
불길이 다이너마이트에 이르기 전에**

* 발터 벤야민, 『역사의 개념에 대하여 外』, 최성만 옮김, 도서출판
길, 2008, 356쪽.
** 발터 벤야민, 『일방통행로』, 최성만 옮김, 도서출판 길, 2007,
124쪽.

차갑고 둥근 빛

에너지 없이도
스스로 빛을 내는 존재들이 있다

별이나 반딧불이 같은 것

어둠 속에서 짝을 찾기 위해
먹이를 찾기 위해
꽁지를 환하게 밝히는 발광생물들

그날의 바닷가를 기억한다
손바닥 위에 반딧불이들이 내려앉던 저녁
머리 위에, 어깨 위에, 신발 위에, 소리 없이 모여들던
수천의 빛송이들을

차갑고 둥근 빛

별이 깜박이는 것도 마찬가지
1초에 79개의 별들이 타오르며 사라진다지

염포에 저녁이 오고
반딧불이들이 날아다니고
밤하늘에는 은하수가 물소리를 내고

바닷가에 서 있던 우리도
멀리서 보면 몇 개의 반딧불이처럼 보이지 않았을까

서로를 맴돌며 희미한 빛을 뿌리는

고슴도치와 여우

톨스토이는 예리한 관찰력을 지닌
여우형 인간이라고,
우직한 고슴도치처럼 보이려 했지만
한 가지 큰 지혜는 몰랐다고 이사야 벌린은 말했지*

그러나 나는 톨스토이를
고슴도치가 되지 못한 여우가 아니라
오히려 고슴도치에서 여우가 되려고 했던 작가라고 생각해
아니, 고슴도치이자 여우인 존재가 되려 했다고

세상 잡사를 그려내는 손과
종교적 열망에 사로잡힌 머리 사이에서
믿었던 것과 믿고 싶었던 것과 믿어야만 하는 것 사이에서
이미 존재하는 것과 당연히 존재해야 하는 것 사이에서
정치적 사건과 정신적 사건 사이에서
전쟁과 평화 사이에서
지적 오류와 도덕적 오류 사이에서
고슴도치의 머리와 여우의 손을 지녔던 작가라고 말이야

차라리 톨스토이의 위대함은
고슴도치와 여우 중 어느 하나가 될 수 없었던 고뇌에 있지

그래서 고슴도치에도

여우에도 속할 수 없었지만
작가란 성자도 역사가도 아니라는 걸 몸소 보여주었지

고슴도치형 인간과 여우형 인간이 있다면
이런 식의 분류도 가능하지 않을까

사냥꾼에 가까운 사람과 사냥감에 가까운 사람
역사를 믿는 사람과 신화를 믿는 사람
고기를 좋아하는 사람과 고기를 먹지 않는 사람
버섯을 따는 사람과 버섯을 먹는 사람
땅을 쿵쿵거리는 사람과 하늘을 올려다보는 사람
망원경을 보는 사람과 현미경을 보는 사람

과연 누가 더 진실할까,
아마 명석한 고슴도치도 쉽게 대답할 수 없을 거야

토막난 말과 표정들을 놓치지 않으려 애를 쓸 뿐,
온전히 믿을 수도 내칠 수도 없는
여우의 고민을
고슴도치의 지혜보다 열등하다고 할 수는 없겠지

내가 변호하고 싶은 건
톨스토이가 아니라 나 자신인지도 모르겠지만 말야

* 이사야 벌린, 『고슴도치와 여우』, 강주헌 옮김, 애플북스, 2010, 21쪽에 인용된 그리스 시인 아르킬로코스의 말 "여우는 많은 것을 알고 있지만 고슴도치는 하나의 큰 것을 알고 있다" 참조.

수탉 한 마리

독약을 마시고 숨을 거두기 직전
자신의 얼굴을 덮고 있던 흰 천을 벗기며
소크라테스는 말했다

크리톤, 우리는 아스클레피오스에게 수탉 한 마리를 빚
지고 있네.
잊지 말고 그분께 빚진 것을 꼭 갚도록 하게.*

의술의 신에게 진 빚을 갚아달라는 친구를 향해
크리톤은 그리하겠다고 대답했다
소크라테스의 몸이 잠시 떨다가 멈추었고
크리톤은 그의 입술과 두 눈을 고요히 닫아주었다

수탉 한 마리의 빚을 남긴 친구를 위해

* 플라톤, 『파이돈』, 천병희 옮김, 도서출판 숲, 2012, 234쪽.

얼굴을 갈아입다*

이 나무들은 어디서 왔을까
어떤 해협과 철로와 마을을 지나 여기에 이르렀을까

거대한 배의 일부였거나
녹슨 철로의 침목이었거나
재개발 지역에서 나온 문짝이었거나

나무는 마침내
네 개의 다리를 가진 온순한 짐승이 되었다

오늘은 또 어떤 얼굴로 지내야 할까

눈을 뜨자마자 두 볼과 눈가로 손을 가져다댄다
오늘은 스물네 살 청년이구나
목수 아버지 곁에서 일을 돕던 예수의 나이구나

얼굴에도 관록이라는 게 있지
하지만 매일 다른 얼굴이 주어지는 나에게는
어떤 흔적도 남아 있지 않다

오늘의 얼굴은 어제의 얼굴을 기억하지 못하지만
두 손은 모든 걸 기억하고 있다

내가 누구인지
나무를 어떻게 다루는지
당신의 손은 얼마나 따뜻한지 차가운지

얼굴을 갈아입을 때마다
옷도 갈아입고 신발도 갈아신는다
안경도 시계도 가방도 오늘의 얼굴에 맞게

하나의 몸에서 나온 천 개의 손이 아니라
천 개의 얼굴에 두 개의 손

나무를 깎고 다듬는 손만이 당신에게 보여줄 유일한 증거

이 나무들은 어디서 왔을까
얼마나 수많은 얼굴을 거쳐 내 손에 이르렀을까

매일 마음을 갈아입는 사람들 속에서
오늘은 어떤 표정을 지어야 할까
아주 오래 이 얼굴로 살아온 것처럼 살아갈 것처럼
가만히 웃어야 할까, 온순한 의자에 앉아

* 백종열 감독의 영화 〈뷰티 인사이드〉(2015).

사과를 향해

나의 손이
탁자 위의 사과를 집어든 것인가
사과가 내 손을 탁자 위로 끌어당긴 것인가

나는 사과의 자발성을 믿고 싶다

탁자를 감싸고 있는 천은
위태롭게 무언가 움켜쥔 표정을 짓고
주전자는 쓰러져 있고
사과들은 여기저기 나뒹굴고 있다
조금씩 익어가면서
썩어가면서

붉은 사과는
더이상 붉은 사과가 될 수 없다

둥근 사과는
더이상 둥근 사과가 될 수 없다

아무짝에도 쓸 수 없는 놈이라야
동그란 동그라미를 그릴 수 있다고 생각했던 아큐처럼
동그란 동그라미는 영영 그릴 수 없을지 모른다

탁자 위의 사과를 향해
사과가 돼라, 사과가 돼라, 외쳤던 세잔처럼
사과인 사과는 영영 그릴 수 없을지 모른다

사과가 되려는 사과와
동그라미가 되려는 동그라미가 있을 뿐

그 조약돌을 손에 들고 있었을 때

산책길에 조약돌을 주워 왔다

수많은 돌 중에
왜 하필 그 돌을 주머니에 넣었을까

내가 돌을 보는 게 아니라
돌이 나를 물끄러미 바라보고 있다고 느낄 때
돌을 집어드는 것은
돌의 시선을 피하는 방식인지도 모르지

특별할 것 없는 그 돌은
나에게로 와서 비로소 돌이 되었다
이름을 붙이거나 부르는 일 따위는 하지 않았다

돌은 나의 바깥, 차고 단단한
돌은 주머니 속에서 조금씩 미지근해졌다

얼마 전 바닷가에서 그 조약돌을 손에 들고 있었을 때 느꼈던 것이 더욱 선명하게 떠올랐다. 그것은 어떤 들쩍지근하고 메슥거리는 기분이었다. 얼마나 불쾌한 기분이던지! 그것은 그 조약돌 때문이었다. 틀림없다. 그 불쾌함은 조약돌에서 내 손으로 옮겨온 것이다. 그래, 그거다, 바로 그거야. 손안에서 느끼는 어떠한 구토증.*

조약돌은 그곳에서 이곳으로 왔고
그곳의 냄새와 습기 또한 이곳으로 옮겨왔다

나의 돌이 아니라 그냥 돌이 될 때까지
나를 더이상 바라보지 않을 때까지
그때까지만 곁에 두기로 한다

방생의 순간까지
조약돌은 날개나 지느러미를 잃은 듯 거기 놓여 있을 것
이다

* 사르트르, 『구토/말』, 이희영 옮김, 동서문화사, 2017, 27쪽.

백운에서 다산 생각

다산(茶山)이 병든 몸으로 찾아왔던 별서정원에
절뚝거리는 마음 하나 서성거린다

반만 피가 도는 동백꽃이여

그 붉은 마음 헤아리며 숨어살았던 사람 있어
깊은 골짜기 따라와 살던 슬픔도
계곡물 따라 하염없이 흘러내렸으리라

계곡에 물이 돌아와
친구들과 마주앉아 두런거리는 밤,
우리의 물 건너는 이야기를
듣고 또 듣나니
다산도 이렇게 두런거린 날 있었을 것이다

이튿날 아침
정원의 이슬 밟으며 돌아가는 길

머뭇거리는 발등에 동백꽃이
말을 걸듯 투욱, 투욱, 떨어져내리고
그 꽃을 누군가의 마음처럼 받아들고 내려갔다

벌써 흙에 스며드는 꽃도 있다

흩어진 동백꽃을 밟지 않고 지나기가 쉽지 않았다
다산의 지팡이도 이렇게 휘청거렸으리라

그들의 정원

몽크스 하우스는 닫혀 있었다

위잉 위잉, 기계 소리를 따라 집 주변을 맴돌다가
담장 너머 정원사와 눈이 마주쳤다
그녀는 잔디를 깎다가 나를 발견하고는
담장이 허물어진 쪽을 가리키며 넘어와도 좋다고 했다

수백 년 된 교회와 이웃한 그 집에서
버지니아 울프와 레너드 울프,
두 수도승이 부부라는 이름으로 살았다

두 사람이 죽은 뒤에
그들의 재를 묻었다는 느릅나무는 어디에 있나

멀지도 가깝지도 않게
이쪽과 저쪽에 떨어져 있는 두 흉상은
마주보지 않고 각자의 바닥을 응시하고 있다

그들은 서로의 고독을 존중하는 법을 알고 있었다

레너드는 유리온실에 화초를 키웠고
버지니아는 그가 키운 슬픈 말들을 화병에 꽂았을 것이다

몽크스 하우스도
버지니아의 오두막도 닫혀 있었지만
나는 어느 가을날 그들의 정원에 머물렀다
볼이 발그레한 정원사와 함께

풋사과가 열린 나무 아래서 가만히 불러보았다

뒷문을 열고 나가 다시는 돌아오지 않았을 버지니아를
혼자 남아 정원을 가꾸었을 레너드를

그들의 정원에 해가 지기 시작하고
버지니아를 삼켰을 어둠이 천천히 다가오고 있었다
레너드가 하염없이 바라보았을 그 어둠이

이별의 시점

언제 헤어졌느냐는 질문에

그들이 헤어진 시점을 정확히 말하기는 쉽지 않다
정말 헤어진 것인지도 알 수 없다

세상에는 어쩔 수 없이 헤어진 사람들과
어쩔 수 없이 헤어진 척하는 사람들이 있지 않은가
헤어진 척하다가 결국 헤어진 사람들도 있고
헤어졌다 다시 만나는 사람들도 있고
무심코 나갔다가 돌아오지 않은 사람들도 있지 않은가

결혼에서 떠난다는 것은 무엇인가

법원에 접수된 서류와
그가 마지막으로 열고 나간 문의 침묵 사이에는
꽤 긴 시간이 가로놓여 있다

길에서 그와 우연히 마주친 적이 있다고
그녀는 말했다
못 본 척 스쳐가는 몇 초가 아주 길게 느껴졌다고
결코 무심할 수 없는 순간이었지만
아릿한 슬픔을 못 견딜 정도는 아니었다고

종이 위의 결별과
길 위의 결별 사이에는
또 얼마나 많은 밤들이 들어차 있는지

기억과 일치하지 않는 변명
때늦은 사과의 말
예의란 헤어진 뒤에 더 필요한 것인지 모른다

언제 헤어졌느냐는 질문에

손에서 으깨진 나비에 대해서는
말하지 않기로 한다
찢긴 날개에 대해서는
진액과 인편으로 더러워진 손가락에 대해서는
그날의 나비와 오후의 햇빛에 대해서는

여행은 끝나고

여행에서 돌아오자
미루어둔 불행이 일제히 들이닥쳤다
벽장문 사이로 쏟아져내리는 잡동사니들처럼

예외적인 날들은 끝났다고
그것 보라고
이게 바로 도망칠 수 없는 네 몫의 삶이라고
누군가 귓가에 속삭이는 것 같았다

앰뷸런스에 아버지를 태우고
응급실 가는 새벽,
비에 젖은 도로 위에는 점멸등이 깜박거리고
브론테 자매가 살았던 목사관에서처럼
음울한 겨울바람이 불어왔다
폭풍의 언덕에서는
불우한 가족사가 그녀의 고장을 먹여 살리고 있었지만
여기서는 나의 가족사가 깃발처럼 나부꼈다

남동생은 고속도로의 어둠 속으로 사라져버렸고
점점 여위어가는 어머니의 얼굴,
아버지가 몇 해째
응급실과 중환자실과 입원실과 집을 오가는 동안
폭풍은 우리를 막다른 곳으로 데려갔다

더, 더, 막다른 곳으로

꿈에서 깨어난 듯 고통스러웠지만
고통을 음미할 여유조차 주어지지 않았다

신의 벽장 속에는
뜯지 않은 불행이 얼마나 더 남아 있는지

여행은 끝나고, 이제
쓰디쓴 풀과 거친 빵을 삼켜야 하는 시간
물을 긷고 또 길어야 하는 시간

구멍 뚫린 독에
끝없이 물을 길어 부어야 했던 다나이드처럼

건너다

달력 속에서
마지막 한 사람이 걸어나온다
몸이 반쯤 잠긴 물속에서

아니다
그는 물에서 걸어나오는 게 아니라
잠기고 있는 중이다

뜯어낸 열한 장의 시간이, 물이,
고통의 비등점을 지나 물이 된 기억들이 밀려와
방안에 울컥울컥 차오른다

두 다리가 지워지고 두 팔이 지워지고
마침내 물이 그를 삼킬 때까지

그는 물을 건너려 하지만 끝내 건너지 못한다
머지않아 찢겨나갈 뿐

멀리 방파제에 혼자 서 있는 사람

그가 건너려는 것은
방인지 바다인지 시간인지 끝내 죽음인지

물에서 걸어나오는,
물에 천천히 잠겨가는 그를 바라본다

아, 그는 춥지 않은가

가능주의자, 불가능한 미-래의 시학 —
최진석(문학평론가)

1. 붉은 거미줄, 시적 사건의 연대기

천의무봉(天衣無縫). 10세기 말 중국 송나라에서 편찬된 이야기 모음집 『태평광기(太平廣記)』에서 유래한 이 사자성어는 기운 자리를 찾을 수 없이 완벽하게 한 타래로 지어진 하늘의 의복을 가리킨다. 이는 완전무결한 일의성과 더불어 인위적 작위를 품지 않은 자연성 자체를 뜻하기도 하는데, '더할 것도 없고 덜할 것도 없는' 완결체로서의 작품(œuvre)을 비유하는 용어로 널리 쓰여왔다. 흠결 없이 이어지는 순수한 연결의 이미지. 하지만 그 황홀하게 비치는 절대성의 한편으로, 유한한 존재자인 인간이 과연 그 같은 완전성을 형상할 수 있을지에 대한 망연한 의혹이 서린다. 정말 솔기 하나 없이 투명하도록 매끈한 천상의 옷이 있다면, 우리의 비루한 지상적 신체는 그것을 걸쳐볼 수도 없을 것이다. 사물과 사물이 만나 서로를 지탱하는 현상은 씨실과 날실이 교직하여 만드는 마찰력의 상대적 평형에서 비롯되는 탓이다. 불가능한 이상, 그러나 우리를 끊임없이 불러내고 끌어내는 그 힘을 정녕 존재하지 않노라 말할 수 있을까? 천의무봉, 그것은 차라리 봉인할 수 없는 불가해한 의혹이자 의지, 의미의 실재에 대한 은유가 아닐까?

예술의 사정도 이와 다르지 않을 터. 순연하게 발생하는 세계의 질료들 자체가 곧 예술을 뜻하지는 않는다. 그것들을 한데 담아 봉인하고자 애쓰되 결코 전부 담아낼 수 없다는 불가능성 속에서 생겨나는 좌절의 형식, 이 (불)가능한 지향 속에서 간신히 빚어지는 무엇인가가 예술로서의 시를 이룬다. 그러므로 시작(詩作)은 무결한 조화나 완성이 아니라 순전한 불협화음, 그 충돌과 파열의 과정을 언어적 직조를 통해 짜낸 그물(texture)이라 할 만하다. 텍스트라 불리는 이 그물은 실체의 견고한 부피를 갖기보다 새벽녘에 살짝 비치다 사라지는 별빛의 반사경에 가까울 것이니, 한낮의 빛을 기대하기보다 한밤의 어둠을 증거할 유일한 실존이기 때문이다. "별은 어둠의 거미줄에 맺힌 밤이슬"(「어둠이 아직」,『말들이 돌아오는 시간』, 문학과지성사, 2014)이라는 표현은, 따라서 밤이슬을 통해 자신의 실재를 남겨두려는 별의 역설적 증언이라 해도 좋겠다. 그물-텍스트는 이렇게 밤과 어둠의 흔적을 보존하고 새겨두기 위한 음화(陰畫)의 형식으로 존재한다. 시의 직조는 세계와 사물에 빛을 쪼이는 아폴로적 과업이 아니라 그늘을 그늘로, 어둠을 어둠으로 잔존하도록 놓아주는 디오니소스적 노동에 값한다. "얼마나 다행인가/ 어둠이 아직 어둠으로 남아 있다는 것은"(「어둠이 아직」).

그럼 시의 그물을 짜는 이는 누구인가? 지상적 존재자로서 시인은 천의무봉의 완벽을 이루는 창조자는 아닐 것이다. 외려 "조금은 거미인 나"(「거미에 씌다」)로서의 시인은 그 직조 과정에 우연히 떠밀린 유사-주체 혹은 매개자에 불과하다.

낮은 허공에 걸려 있던 거미줄이
얼굴을 확 덮치던 그날부터
내 울음은 허공에 닿아 거미줄이 되었다
버둥거리며 거미줄을 떼어냈지만
내 얼굴에선 한없이 거미줄이 뽑혀나왔다
　　―「거미에 씌다」 부분(『어두워진다는 것』, 창비, 2001)

　음절마다 분리되는 기호의 조각들로 간신히 전해질 이 그
물의 진동은 대개 침묵에 동화되거나 오해와 오인의 착란
속에 귀착되기 마련이다. "나는 내 울음이 누구에게도 들리
지 않게 되었다는 걸 안다". 그렇다면, 시적 망상(網狀)의
매듭이 투명하고 매끄럽기는커녕 늘 선연한 핏기가 마르지
않는 고통의 징표로 나타남은 피할 수 없는 일. "붉은 거미
줄", 이는 붉은 주사로 색을 입힌 그물이 아니라 피로 씻어
낸 붉게 물든 거미의 망상(妄想)에 다름 아니다.

　　핏속에 거미들이 산다

　　핏속에서 일하고
　　핏속에서 잠들고
　　핏속에서 사랑하고
　　핏속에서 먹고

핏속에서 죽고
핏속에서 부활하는 거미들에게

피는 무궁무진한 슬픔의 창고
　　　　　　　　　　—「붉은 거미줄」 부분

　나희덕의 새로운 시집은 저 붉은 거미줄로 세계를 담아내
는 이야기로 문을 연다. "물과 피를" 바꾸어 얻어진 이 거
미줄은 시작(詩作)의 과정이자 결과를 뜻하는데, 인간과 사
물, 존재하는 모든 것들의 형상을 부둥켜안고 지탱하는 문
자의 그물이 그것이다. 그 작인(作因)으로서 거미의 형상은
시인과 일치하지 않는다. 그 작고도 알 수 없는 건축가 혹은
설계자는 "어떤 혈관에든 숨어들어 실을 뽑고 천을 짠다"는
것 외에는 아무것도 드러나지 않은, 한마디로 '나'의 주체
성과 정체성을 벗어난 존재자다. '나'는 다만 "거미들을 느
낀다"고 말할 뿐, 그것을 조종하거나 통제할 수 없다. 핵심
은 그저 '나'의 피를 질료로 한 세계상("피의 만다라")이 거
미줄 위에 펼쳐진다는 현사실성 자체에 있다. 마치 고대의
시인들이 영감의 객체가 되어 목소리를 빌려주었듯, '나'는
피를 내어줌으로써 의식과 인식 너머로 망상(妄想/望狀)의
그물이 지어지는 장면을 목격할 따름이다. 바꿔 말해, '나'
는 "내 몸에서 피가 조금 빠져나갔다는 걸 알아차"리지만,
그렇게 짜인 그물이 "누군가에게/ 거처가 되기도 하고 덫이

되기도"하는 조형의 결과는 예측할 수 없다. 그저 이 "피의 만다라에 마악 도착한 어떤 날개를 향해""거미들"이 움직이는 것을 지켜볼 따름이다. "날개"는 불가능한 이상, 천의무봉(千意無封)을 향한 어떤 몸짓일지 모른다. 고정된 완성의 명사적 표상이 아니라 끊임없이 지향하고 또 이동하는 동사적 이미지들의 행렬.

　　빛의 옥상에서
　　서른세 개의 날개를 돌려라

　　오다 가다 오르다 내리다 흐르다 멈추다 녹다 얼다 타오르다 꺼지다 보다 듣다 생각하다 말하다 삼키다 뱉다 잡다 놓다 울다 웃다 주다 받다 묻다 답하다 밀다 당기다 열다 닫다 떠오르다 가라앉다 부르다 사라지다 넘다
　　　　　　　　　　　　──「서른세 개의 동사들 사이에서」부분
　　　　　　　　　　　　　　（『파일명 서정시』, 창비, 2018）

　　이 몸짓의 동사들은 도약을 함축한다. 통상의 논리로는 가닿을 수 없기에, "날개를 돌려"건너뛰어야만 하는 모종의 공백, 그 심연 너머로의 비상을 전제한다. 때문에 "서른세 개의 노를 저어 찾아라/ 세계의 손끝에서 마악 태어난 당신을"만나라는 시구는 일종의 주문처럼 들린다. 그것은 지향이자 욕망이고, 자신의 피를 뽑아 그물을 지어내야 하

는 "빈혈의 시간"(「붉은 거미줄」)을 예고하는 두려운 언명
이다. 시작(詩作)이 불가능성과 동시에 가능성을 담아내
는 엇갈린 말의 현상학이라는 것, 곧 하나의 시선을 이루되
(視-作) 놓쳐버린 다른 시선을 좇을 수밖에 없는 시작(始
作)의 모험이라는 것. 시집 『가능주의자』는 이 불가능한 가
능성을 뒤좇는 시적 사건의 연대기라 불러도 좋을 듯하다.

2. 입술들, 피흘리는 말의 현상학

아무리 지고한 정신의 여정도 그 출발점은 항상 감각적 경
험이라 단언한 것은 헤겔이다. 근대 의식철학의 집대성인
『정신현상학Phänomenologie des Geistes』(1807)이 감각적
확신을 기점으로 지각과 지성으로 수직 상승하는 계단을 밟
아 올라가는 이유도 그에 있다. 하지만 감각의 경험은 정말
확실하고도 분명한 출발점일까? 오감으로 다가오는 다양한
자극들이 나-주체의 확신 속에 접수된다는 것은, 거꾸로 감
각에 대한 확고한 선험적 정의들이 이미 주어져 있기에 가
능한 게 아닐까? 그런데 만일 감각 자체가 언제나 낯선 불
명(不明)의 열린 체험이라면, 무엇으로부터 우리는 그 여정
의 시작을 확인할 수 있을까? 체험의 날 서린 감수성은 단
일한 실체로 집약되지 않는, 모종의 뒤섞인 감각, 즉 언어
로 분해되지 않고 이성으로 통찰되지 않는 카오스적 현재

가 맞닥뜨린 충격에서 발아한다. 출처도 정체도 알 수 없는 무형의 작용력, 막연한 냄새와도 같은 감각의 불확실성이야말로 체험의 시작이지 않을 수 없다.

　무슨 냄새일까

　무언가 덜 익은 냄새와 물러터진 과육의 냄새
　햇빛이 잘 들지 않는 방에서 나는 냄새
　다른 세계에 도착했다는 것을 알리는 냄새
　어제의 피로와 오늘의 불안이 공기 속에서 몸을 섞는 냄새

　　　　　　　　　　　　　　—「길고 좁은 방」 부분

　'덜'과 '더'의 사이, 빛조차 시야를 가린 좁은 방에서 홀연 "다른 세계"를 직관하게 만드는 기이한 느낌, "어제의 피로"와 "오늘의 불안"이 뒤섞인 이 냄새는 불쾌를 야기한다. 불쾌란 무엇인가? 익숙하고 안정적인 것, 안온하고 조화로운 정체(停滯)를 뒤흔드는 자극의 촉발이 그것이다. 역으로 말해, 지금-여기의 유동과 변동, 시공간의 미세한 흐름을 끊임없이 일깨움으로써 나-주체를 "다른 세계"로 밀어내는 사건의 예후에 불쾌가 있다. 그러니 이 기묘한 감각의 도발은 지우고 망각할 게 아니라 기꺼이 감수하고 견뎌야 할 이행의 시간적 범주에 해당된다. 하지만 익숙해져서는 곤란

하다. 불쾌에 길들여질 때 그 어떤 사건의 가능성도 봉쇄되고 말 테니. "각자의 흔들림을 감수하며/ 사람들은 늪에서 굳이 빠져나가려 하지 않는다// 그러나 흔들림에 쉽게 익숙해지면 안 된다". 이럴 수도 저럴 수도 없는 이 감수성의 폐쇄회로를 깨는 계기는 오직 바깥으로부터 도달할 미지의 충격에 있을 것이다. "밖에서 누군가 문을 두드리고 있다".

손잡이 없이 구멍만 뚫린 문. 문고리가 세상과 소통하고 타인과 교류하는 공식적인 일상의 통로라면, 그것 없는 방에 갇힌 자신은 세계-내-존재인가, 세계-외-존재인가? 자기의 실존이 닫힌 문의 어느 한편에 있다는 사실 자체가 중요하진 않다. 문이 엄존하고, 그것이 벽처럼 마주서 있되 뚫린 구멍으로 인해 안과 밖이 뒤섞여 있음을 알게 되면서부터 문제는 시작된다. 주체는 어디서나 "타인의 시선"을 직감하고 그 "수치심에 떨"게 된다는 게 관건이다. "열려 있으면서 닫혀 있는/ 닫혀 있으면서 열려 있는" "문의 공포"(「그날 이후」)는 결국 이곳과 저곳, 현재와 도래할 시간을 잇는 사건적 가능성을 암시한다. 이는 머물려 한다고 머물 수 있는 자의적 선택의 문제가 아니다. 밀봉된 "다락방"에서 "오직 거울을 통해서만 세상을 볼 수 있"(「다락방으로부터」)던 주체는 안과 밖의 구분을 무화시키는 불확실의 감각을 통해 비로소 타자들의 세계와 조우하게 된다.

노랫소리가 들려왔다

창밖에서인지 내 속에서인지 실처럼 풀려나오는 노랫
소리,
　　나는 창가로 다가가 바깥을 바라보았다
　　순간 두 눈에서 오래된 비늘이 떨어져내렸다
　　파열음과 함께
　　유리창이 깨지고 거울이 깨지고
　　깨진 거울 조각들은
　　수백 개의 눈동자가 되어 빛나기 시작했다
　　갑자기 들이닥친 회오리바람에
　　씨실과 날실이 뒤엉켜 온몸을 휘감았다
　　　　　　　　　　　　　　　 ─「다락방으로부터」 부분

　낯섦이란 예측할 수 없음이고, 공통의 언어로 교통할 수
없는 전적인 타자와의 접촉에 상응한다. 그것은 마찰의 감
각으로서, 숨결과 살결이 맞닿을 때마다 핏방울이 배어나고
상처를 덧나게 만드는 "죽음의 잔"이자 "기억의 깊은 웅덩
이"로 형상화된다. 이 과정에서 새어나오는 "처음 들어보
는 목소리"가 "창밖"에서 흘러들어온 것인지, 혹은 "내 속"
에서 빠져나온 것인지 분명히 판단할 수는 없다. 어느 쪽이
든, 흡사 노랫말처럼 들리는 그것이 감미롭고 달콤한 조화
의 리듬을 가리키진 않을 것이다. 차라리 그것은 섬뜩한 비
명에 가까운 소리로서, 누구의 것인지 또 어떻게 지어진 것
인지 구별 불가능하도록 낯선 감각으로 전해지는 사건적 진

실에 가깝다. 알고자 하지 않던, 알아도 모르는 체하던 수많은 이 세계의 감응들.

　입술들은 말한다

　　자신의 이름과 고향과 사랑하는 이에 대해
　　절망과 분노와 슬픔과 죽음에 대해
　　오늘 저녁 먹은 음식과
　　산책길에 만난 노을빛에 대해
　　기후 위기와 정부의 부동산 대책에 대해
　　생일과 장례, 술과 음악, 책과 영화, 개와 고양이에 대해
　　마을을 휩쓸고 간 장맛비에 대해 파도 소리에 대해
　　　　　　　　　　　　　　　　—「입술들은 말한다」 부분

　"입술"은 세계의 온갖 감응들을 실어나르고, 거기에 음운과 음절, 단어와 문장의 단위를 부여함으로써 언어의 그물을 짓는 기계다. 아마도 얼굴 없고 표정 없이 타자의 목소리를 직조하는 저 입술들의 기원이나 정체는 결코 알 수 없을 것이다. 다만 그것들은 "각기 다른 언어로/ 각기 다른 목소리로/ 각기 다른 리듬으로" 저 감응의 소리들을 뱉어내고 핥아들이며, 다시 토해내는 무한한 과정을 반복할 뿐이다. "목소리들은 서로 삼키고 뱉고 다시 삼키고 뱉고 삼키고". 누구의 것인지 또 무엇으로 인함인지 의식할 이유도,

인식할 필요도 없다. "못이 박힌 노래를" "귀에 못이 박히"
도록 끝없이 읊조리며 이어가는 운동만이 유일하게 벌어지
는 사건이다. "투명한 피"로 젖어든 매듭의 흔적만이 이 노
래가 피로와 불안, 두려움과 수치심을 질료로 지어졌음을
증거한다. 안일한 무지의 관성에 따라 이를 '천형'이라 불
러야 할까? 무사(Musa)의 부름을 받은 낭만적 '소명'이라
칭해야 할까?

　피 흘리는 말의 현상학. 저 헤겔의 길과 달리, 여기서 감
각은 최초의 문턱에 등장했다가 사라지는 조연이 아니다.
거꾸로 감각은, 그 불확실성으로 말미암아 지속하는 잔영이
되어 주인 없는 목소리들을 실어나르고 그 곁에 배회한다.
섬뜩하도록 낯선 이 불쾌는 "고통의 성감대"를 자극하는 역
설적인 즐거움이 되어 자신의 파열을 맞아들이도록 독려한
다. "나를 찢어버린 손은 누구의 것인가". 건축가인지 설계
자인지, 무명의 노동자인지 알 수 없는 그 주체-거미는 답
하지 않을 것이다. 왜냐면 이렇게 지어진 거미줄은 투명하
도록 무결한 완성품이 아니라, 여기저기 피를 묻힌 채 거칠
고 날카로운 매듭들로 간신히 이어붙여진 "유릿조각"(「조
각들」)처럼 연약할 것이기 때문이다. 일종의 모사품이며 복
제물인, 불완전함으로 말미암아 유일무이한 특이성을 담지
하는 이 텍스트의 목소리는 최종적 완성을 선험적으로 보유
하지 않는다. 오히려 그것은 "찢다"(「찢다」) "꿰매다"(「꿰
매다」) "흐르다"(「흐르다」)의 동사적 연속체를 통해 무한히

이어지는 사건적 돌발로써만 자신의 실재를 주장한다. 그러므로 "모든 기록은 일종의 얼룩이라는" 통찰은 사건이라는 진리의 부정이 아니라 그 부정성의 진리를 역설하는 셈이다. 통제할 수 없는 시간의 흐름을 지켜보는 가운데("시간에 대한 예의"), 주체는 "나를 이루는 마지막 페이지/ 또는 첫 페이지"(「찢다」)의 역설적 순간을 체험하게 되리라. 이는 "찢어진 길을 꿰매"는 것인 동시에 "사라짐과 나타남 사이에서" 끊임없이 매듭을 엮고 풀며 피 묻은 실을 뽑아내는 감각의 노동에 주어진 숙명에 비견할 만하다. "실은 어디까지 갈 수 있을까"(「꿰매다」).

이야기에 이야기를 덧대는 이 '망상'의 서사를 결국 자아의 현상학이라 불러야 할까? 그럴 리가. 만일 그렇다면 궁극적으로 거미는 '나'가 되고, '나'는 신이 되는 신화로 종결될 테니. 그것은 하나의 벽이 되어 또다른 유폐의 다락방에 시인-주체를 옮겨놓을 것이다. 그러나 "벽의 반대말은 해변이라고/ 그녀는 말했다". 저 벽이 분리하는 이쪽과 저쪽을 두 개의 닫힌 공간으로 상상하는 것은 낯섦을 익숙함으로, 섬뜩함을 친밀함으로 순치시키고 말 것이다. 기이한 입술들과 목소리들을 어느새 '나'라는 주어로 수렴시킴으로써 이것 혹은 저것의 익숙한 이분법으로 돌아가고 말 것이다. 그러니 "삶이라는 질병"으로부터 결코 낫길 기대하지 말자. "해변에서 들려오는 슬픈 노랫소리나/ 견딜 수 없는 눈동자 같은 것"을 직면하고, 그 비명에 고막을 상하게 하자. 이로써 "더이상 나의 것이 아니게 된 어떤 삶"에 내가 있음을 긍정하고, 다시 벽을 직시해야 한다. "더이상 어디로도 가지 않으려 할 때 벽은 문득 사라지니까"(「벽의 반대말」).

이것은 몰락이다. 천상의 완결을 포기한 채 지상의 남루함으로 떨어지는 것이다. 그러나 "흐르다, 가 흘러내리다, 의 동의어라는 것을" 모른다면, 이 수직의 진리는 정녕 알려질 길이 없다. "아래로 아래로 떠밀려가고 있다는 것"은 우리가 원하든 원하지 않든 "어떤 하류의 퇴적층"을 향해 이끄는 운동이 있으며, "흐르다"(「흐르다」)라는 동사(動詞)가 움직이는 사건(動-史)으로 변전하고 있음을 가리킨다. 말은, 시의 언어는 이 흐름을 따라 생성하는 중이다.

3. 피투성이, 세계 밖 유령들의 이야기

감각적 확실성에서 출발하여 의식적 정신에 도달한 개인, 곧 헤겔의 자아는 오직 논리의 영역에서만 자신의 실재성을 확인했기에 여전히 주체가 되지 못한 실체에 가깝다. 달리 말해, 정신과 달리 그의 몸은 아직 형식적 추상에 머물러 있으므로 피와 살로 덧입혀진 구체적 주체가 되기 위해서는 역사와 사회의 경험을 통과해야 한다. 이 여정을 19세기의 독일인은 '세계사'라 불렀던 바, 바닥에서 천장으로, 변경에서 중심으로, 그리고 노예에서 주인으로 마치 피라미드를 쌓아올리듯 사변의 고공 행진을 통해 구축해갔다. 이른바 '근대성'을 표징하는 이 역사와 주체의 진화사를 머리로 이해하기란 어렵지 않다. 우리는 논리를 현실로 치환하고, 구조를 실제와 동치시키며, 정신을 신체로 전위시키는 데 익숙한 탓이다.

하지만 고도가 높아질수록 지상의 풍경은 흐릿해지고, 사유의 추상이 강화될수록 구체의 현실 또한 보이지 않기 마련이다. 절대정신의 자기완성을 향한 역사의 행로가 제아무리 위대한들 온갖 미소한 것들을 짓밟고 압살하는 길로 밝혀졌을 때, 철학은 관조의 유희이자 향락임을 폭로당했다. 정신의 현상학이 세계사의 모든 행정을 주파하고 경험하는 절대지식을 자랑한다 해도 피에 젖은 입술들이 흘리는 목소리를 멈추게 할 수 없는 이유가 그에 있다. 저 피 흘리는 말들의 현상학은 정신의 기획을 넘어서고 확실성의 범주를 벗어나는 사건을 통해 드러나기 때문이다. 인식론적 거대서사에 대비되는 이 같은 도정을 시적 미시서사라 명명할 수 있으리라. 그것은 역사와 사회, 세계에서 마주치는 모든 타자들을 자신의 확고부동한 범주 속에 수직적으로 줄 세우는 방식이 아니라, 수평적 교통이 벌어지는 감응의 점선 속에 풀어내는 과정에 가깝다.

이러한 수평의 감응을 끌어내기 위해서는, 무엇보다도 하부로 가라앉아야 한다. 절대적으로 아래를 향해야 한다. 가장 밑바닥에 흐르는 물줄기로 자신을 실어보내야 한다. 바

로 거기서 우리는 늘 보이던 것들이 갑자기 자취를 잃고, 항
상 들리던 소리들이 먹먹한 침묵이 되어 유령처럼 잔존하고
있음을 깨닫게 될 것이다.

　　사람들은 우리를 보지 않는다

　　빗자루만 본다
　　대걸레만 본다
　　양동이만 본다

　　점점 투명해져간다
　　우리를 사람으로 보지 않기 때문이다
　　　　　　　　　　　　　　　　　—「유령들처럼」 부분

　정확히 말해, '보이지 않는' 것이 아니라 '보지 않는' 것
이다. "빗자루"나 "대걸레", "양동이"로 대체되는 사람들
이 있다. 빛의 반사를 통해 물리적 대상을 식별하게끔 만들
어진 눈-기관이 번연히 형태와 부피를 가진 누군가의 실존
을 알아채지 못할 리 없다. 있음에도 있지 않다고 믿어버리
는 것. 그렇게 처리해버리는 것. 이는 일종의 가치론적 문제
다. 생물학적 유기체로서의 인간이 아니라 그가 수행하게끔
목적 부여된 대상으로서의 가치가 그의 존재 조건으로 강제
된다. 빗자루와 대걸레, 양동이가 누군가를 대신한다는 것

은 그가 순전한 도구성을 통해 규정되는 사물적 존재임을 뜻한다. 하긴, 우리 모두는 일종의 동물이고, 그저 존재하는 인간이며, 나아가 사물의 한 가지이기도 할 텐데 왜 이것이 문제가 될까?

하이데거에 따르면, 도구는 이 세계의 전체적 의미를 밝혀주는 요소이다. 예컨대 망치는 벽에 못을 박기 위한 쓸모를 갖고, 우리는 이를 통해 망치뿐만 아니라 벽과 못, 그리고 방과 집, 거리와 마을 등으로 이어지는 세계의 의미론적 전체성을 받아들이게 된다. 망치는 그저 망치일 뿐이지만, 단지 망치라는 고립된 개별성으로 존재하지 않는 것이다. 어느 날 벽면에 튀어나온 못을 박아넣기 위해 주변을 둘러볼 때, 그러나 망치가 눈에 띄지 않고 마치 투명한 사물이나 된 듯 사라져버렸을 때, 우리가 느끼는 답답함과 짜증, 아쉬움의 감정들은 자신이 얼마나 이 도구와 긴밀히 연결된 채 살아가고 있는지를 밝혀주는 존재론적 사건에 해당된다. 이렇게 '손안에 있는' 가까운 존재자들과 맺어진 관계의 전체성이야말로 우리가 살아가는 이 세계의 의미이며, 내적인 충만감의 원천이다. 보이는 것들, 감촉하고 확인할 수 있는 것들로 이루어진 유의미한 세계를 우리는 살아간다. 문제는 이 같은 도구들의 세계가 '쓸모의 존재 방식'에 의해 축조되어 있으며, 정녕 쓸모가 문제적인 한 도구는 얼마든지 대체 가능한 존재론적 지위를 갖는다는 데 있다.

새벽길을 정리하고 치우는 거리의 청소부가 고마운 사람

이라는 데는 누구나 동의할 것이다. 하지만 '청소부'라는 쓸모의 존재 규정은 그가 "빗자루"나 "대걸레", "양동이"와 연결된 다른 '무엇'일 뿐, 주체와 존재론적 평등성을 공유하는 타자라는 생각을 가로막는다. 도구와 달리 타자는 '함께-있음', '그저-있음'이라는 존재 방식으로 내 앞에 현존하며, 따라서 대체 불가능한 현사실성을 보유한다. 지금-여기에 '그가 있다'라는 명징한 사실 자체를 "보지 않는"것은 타자의 대체 불가능성을 부인하고 자신의 폐색된 시야를 옹호함으로써 거꾸로 세계의 의미론적 전체성을 폐쇄하고 말 것이다. "유령"은 그처럼 구부러지고 안으로 잠겨버린 이 세계의 무의미를 괄호 치기 위한 명명으로서, 결여의 빈 공간을 메워놓은 공백의 표지에 다름 아니다. 요컨대 유령은 이 세계의 의미론적 전체성이 무너지지 않게끔 붙여놓은 비어 있는 기표에 해당된다. "사람들은 우리를 보지 않는다". 그러나 상처 난 자리에 발라둔 밴드가 눈에 띄지 않는 것도 아니요, 그 위로 배어나온 핏물이 빨갛지 않은 것도 아니다. 유령은 흔적으로써, 피투성이의 말없는 절규로써 우리를 감응시키기 마련이다.

거리를 쓸다가
달리는 승용차에 툭 떨어져나갈 수도 있다
트럭에 매달려 끌려갈 수도 있다
그때가 되어서야 사람들은 간신히 우리를 본다

또는 유서를 남기고 사라진 후에야
— 「유령들처럼」 부분

유령의 존재론적 가치는 존재하지 않는 것에 대한 기술이라는 사전적 정의를 넘어선다. 빗자루와 대걸레, 양동이는 일상의 얼룩을 지우는 도구들이다. 눈에 띄지 않은 채 이 도구들과 연결되어 거리와 도로, 공원과 복도의 얼룩을 지우는 그 결여의 타자들은 "얼룩을 지우는 얼룩들"로 존재하지만 결코 자신의 얼룩을 지우지는 못한 채 유령 같은 흔적으로 되돌아온다. 따라서 우리가 안온하고 평온한, 깨끗하고 위생학적으로 처리된 환경 속에서 어떤 얼룩을 찾아낸다면, 그것은 얼룩으로 존재하던 누군가의 부재가 얼룩으로 귀환한 것이다. 그러니 삶의 얼룩이란 그저 지워야 할 불결함과 불필요의 자취가 아니라 어떤 누군가의 존재의 흔적이며, 그의 존재론적 필연성에 대한 결여의 역설이라 불러도 틀리지 않을 성싶다. 보이지 않은 채 사라져버린 것들, 목소리 없이 "온갖 얼룩을 지우는 얼룩들처럼/ 유령들처럼" 지워진 존재들. 그들은 순전한 무가 아니라 존재하지-않는-존재, 곧 비존재라 불러야 옳다. 그럼 누가 이들의 말을 대신할 것인가? 그 피투성이의 이야기가 배어든 그물이 시가 아니라 할 수 있을까?

이 세계-밖-존재, 유령이 된 타자들의 이야기는 소외된 이웃에 대한 사변적 관조나 감상적 사설에 그치지 않는다. 합리성의 기호로 조직되지 않고 이성의 논리로 정리되지 않는 감각의 기표들을 한껏 끌어모아 그 들리지 않는 소리들을 문자의 이미지 속에 벼려낸 흔적들이 시집의 두번째 장을 끌어간다. 이는 죄책감의 정서나 양심의 가책 같은 도덕성의 환기에 구태의연하게 매달리기보다, 그 유령적 감각을 언어화하여 우리가 감응할 수 있도록 직조한다는 점에서 독특한 서사적 양태를 실험한다. 가령 인간 없는 세계에서 동물들이 곁을 지키는 장애인의 혼잣말(「지나가다」), 굶주림을 생의 조건으로 받아들여 존재의 질문으로 변전시킨 빈민의 얼굴(「허기가 없으면」), 쓰레기처럼 버려짐으로써 오히려 잉여의 몫이 '있음'을 입증한 누군가의 몸짓(「줍다」) 등이 그렇다. 하지만 이 실험들이 주어 없는, 그래서 배제된 사람들이라면 누구에게든 아무렇게나 적용될 수 있는 추상적 장면은 아니라는 점도 지적해야겠다. 역사와 사회적 사건 속에서 이름을 갖는 유령들, 그들이 뱉어놓은 피에 젖은 말의 그물이 구체적으로 적시되어 있기 때문이다. 선택의 강압에 굴복하지 않은 채 택일의 경계선에 머물기로 결심한 비전향 장기수(「선 위에 선」), 세상 전체가 모르는 체해도 결코 망각될 수 없는 물음이 있음을 역설적으로 던지는 광주의 생존자들(「묻다」), 학살의 흔적은 간 데 없지만 귓가의 울음소리를 여전히 지우지 못한 4·3의 산전(山田)(「이덕구 산전」), 2009년 용산에서 불타 죽은 이들을 보내지 못해 아직까지 거리를 서성이는 '나'(「너무 늦게 죽은 사람들」), 세월호의 외상을 안은 채 무심하게 일상을 영위하는 표정 없는 사람들(「어떤 목소리도 들리지 않는 것처럼」).
 "길고 좁은"(「길고 좁은 방」) "다락방"(「다락방으로부터」)을 나와, 하나의 끈으로 미처 다 꿰매지 못할 이 세계 바깥의 이야기들을 엮으려 고심하는 것, 고통과 침묵 속에서 어둠을 응시하며 피에 젖은 그물을 짓는 것은 대체 어떤 이유에서인가? 어떤 것이, 내게 감응하는 누군가가 '있기' 때문이라는 단순한 사실 때문이 아닐까? 아래로 아래로 흘러내려 심연에 착저할 때 마주치는 것은 대체 무엇인가? "흙속에서/ 그 얼굴을 알아보았네". 이 얼굴의 주인은 누구인가? "세상의 문들이/ 일제히 눈앞에서 닫"힘으로써 갈 곳 없이 여기 던져진 사람, 아니 유령일 것이다. 버림받고 배척당했다는 마음에 그는 "미움으로 눈멀었"을지 모르나 "흙투성이가 되어 깨달"아버린다. "피투성은 우리를 피투성이로 만들수밖에 없다는 것을"(「피투성」). 피투성이의 이야기는 결국 피투성이가 된 '나'가 만들어낸 응보일지 모른다. 함께-있음이 함께-삶으로 건너가지 못했을 때 벌어지는 잔혹극장의 귀결과 같은. "댄스파티라는 수국 화분에 돋아난/ 흰 버섯들"을 두려움이나 염려, 불안 때문에 솎아내자 수국도 버섯도 살지 못하는 흙이 생겨난 것처럼. "댄스파티는 끝났다"(「퇴비의 공동체」). 여기서 피투성이 유령들에 대한 시의 그물은 조금 더 멀리로 이어진다. 인간 너머 존재자들의 존재에로.

핏물 속에서 간신히 건져올린
부서진 얼굴

여기서는 던져진 돌조차 땀을 흘린다
—「피투성」 부분

4. 구멍들, 사라지는 것들에 대한 예의

세계사를 한껏 주유하던 헤겔의 정신은 마침내 온 세계
가 본래부터 자기의 것이었음을 깨닫는다. 한때 정신의 성
장을 방해하고 파괴하는 위협으로 인식되던 자연이 실제로
는 장악과 지배의 대상이란 점을 알게 된 것이다. 이로써 지
구의 시간과 공간 전체가 정신에 복속되어야 할 객체라는
사실을 파악한 것이 곧 절대적 지식이며, 그 순간을 역사의
종말이라 부른다. 이런 정신의 적법한 대리자는 다름 아닌
인간이다. 이성과 언어를 무기 삼아 자기 이외의 모든 것을
타자화하는 인간은 만물의 영장이라 불리고, 생물학적 진
화의 종점에 도달한 신적 인류, 혹은 인류적 신성으로까지
추앙받는다. 비인간, 이는 논리적으로 존재할 수 없거나 또
는 '겨우 존재하는' 어떤 미미한 사물을 가리키는 바, 동물
이든 식물이든, 생명이 있는 것이든 없는 것이든, 인간 이
외의 모든 것을 총칭하는 용어가 되었다. 이에 따라 '존재

한다'는 말은 인간의 눈에 보이고 귀에 들리며 손에 잡히는 것, 언어로 형상화할 수 있는 사물에 붙는 술어로 전락해버렸다. '있음'과 '없음'이라는 가장 근본적인 존재론적 질문이 인간 종(種)의 특정한 관점에 따라 좌우되는 자의적인 유희가 시작되었다.

'나를 제외한 모든 것'이라는 사상은 일견 만유를 하나로 연결 짓는 인식의 전환처럼 비칠 수 있으나, '나'라는 단 하나의 맹점을 인정함으로써 본질적으로 불연속적 세계관을 이룬다. 예컨대 동물과 인간은 건널 수 없는 강을 두고 나뉘어 있으며, 이 같은 분리의 절개선은 자연과 문화, 생명과 비생명, 인간과 비인간 등의 모든 대립쌍을 한데 이을 수 없는 타자들의 모나드 속에 가둬버린다. 인간은 세계와 역사를 지배하는 위대한 군주임을 자처하지만, 실상 그는 지구사의 작은 시공간에 고립된 채 절대지식의 망상에 사로잡힌 불쌍한 존재자에 지나지 않는다. '신'이라는 보이지 않는 힘에 대한 공경과 두려움으로 가득한 채. 하지만 그 신성하고 초월적인 존재가 과학과 지식으로 정복했다고 믿었던 원초적인 존재자에 다름 아니라면?

박테리아와 바이러스는
마침내 가장 두려운 신이 되었다

보이지 않는다는 이유 때문에

지나가는 곳마다 사람들이 툭툭 쓰러지는 위력 때문에
인간이 바람에 날리는 겨와 같은 존재라는 걸 보여주
기 때문에

박테리아와 바이러스에게 마음이 있다는 증거는 없지만
가장 오래되고 지적인 이 존재는
일찍이 영원불멸할 수 있는 비밀을 터득했다
—「어떤 부활절」 부분

보이지 않지만 작용하는 힘, 아마 이것이야말로 인간의
관점이 지극히 왜소하고 또 왜곡되어 있음을 방증하는 가장
강력한 증거일 듯싶다. 가시성의 한계 너머에서 "사람들이
툭툭 쓰러지는 위력"을 행사하는 "박테리아와 바이러스"는
보이는 것이 전부가 아니란 점을 실감 속에 끄집어낸다. 또,
근대 문명과 이성의 자부심을 무색하게 만드는 "가장 오래
되고 지적인 이 존재"의 "비밀"은 지구사의 시원을 함께해
왔다는 그 "영원불멸"의 능력에 있다. 나아가 저 보이지 않
는 존재들에게 인간이 감염될 수 있다는 사실은, 풀어 말해
박테리아와 바이러스가 인간 유기체의 DNA나 RNA 코드를
해독할 수 있는 기호학적 능력이 있음을 보여준다. 역설적
이게도, 이토록 무방비하게 전염될 수 있다는 점은 인간이
비인간과 분리되어 있지 않다는 것, 결국 예외 없이 하나로
연결된 우주 속에 살고 있다는 것을 입증한다. 그렇다면 박

테리아와 바이러스의 현존이야말로 인간이 그토록 도달하
고자 했던, 빈틈없이 완전하게 연결된 일의적 세계에 대한
지식을 완성시켜주는 마지막 퍼즐이 아닐까?

　인류세(Anthropocene)는 인간이 지구사에 끼친 막대한
부정성을 지질학적 시대 단위에 결부시켜 이해하기 위해 도
입된 신조어지만, 역으로 인간이 지구사에 전면적으로 연계
됨으로써 스스로를 파국 속에 밀어넣게 된 이유를 설명하
는 담론이기도 하다. 자연의 금기에 함부로 손을 댔기에 벌
어진 코로나19의 전 세계적 위기가 그 대표적 사례일 것인
데, 흥미롭게도 그 유구한 원인을 우리는 신화 속에서도 이
미 읽어본 적이 있다.

　남해의 숙(儵)과 북해의 홀(忽)은 만났다

　혼돈의 땅에서
　갑자기 나타남과 갑자기 사라짐 사이에서

　숙과 홀이 만나면
　북풍과 남풍이 하나로 통했고
　숲의 나무들과 바다의 해초들이 함께 일렁거렸고
　물고기와 새들이 뒤섞여 날았다

　한없이 줄어들었다가 한없이 늘어나는

혼돈의 땅은
어디로든 들어가 어디로든 나올 수 있었다

혼돈은
눈도 코도 입도 귀도 없지만
숙과 홀의 말을 알아들을 수 있었다
구멍이 없으니
먹거나 배설할 필요도 없었다

사람이 살 수 있는 것은
몸에 일곱 개의 구멍이 있어서인데
혼돈에게는 구멍이 하나도 없지 않은가,
숙의 말에 홀은 고개를 끄덕였다

숙과 홀은
혼돈의 땅 전체가
거대한 구멍이라는 것을 알지 못했다

숙과 홀은
혼돈의 땅에 하루에 하나씩 구멍을 파내려갔다
이레가 지나고 마침내

혼돈은 죽었다

숙과 홀은 더이상 만날 수 없었다
누구도 갑자기 나타났다 갑자기 사라질 수 없었다

혼돈의 풀과 나무는 천천히 시들어갔다
                                    —「숙과 홀」 부분

인간의 눈에 자연은 언제나 "혼돈" 자체와 다르지 않았
다. 삶의 근거를 제공하는 터전인 동시에 생존과 연명을 위
해서는 투쟁하고 전유해야 하는 두려운 타자. 자신의 미소
한 앎으로는 도무지 그 원리나 발생, 지속을 이해할 수 없
는 거대한 이물(異物). 그런 자연에 구멍을 뚫어 도시를 건
설하고 사람을 모아 사회로 대체했던 시간 전체를 인간의
역사라 불러도 무방할 것이다. 바꿔 말해, 인류사는 자연사
를 잠식하고 약탈해온 역사나 마찬가지다. 미숙한 지성과
이성으로 제멋대로 "구멍"을 냄으로써 개발과 보전 모두를
달성했다고 믿었던 인간은 이제 오만과 무지의 결과를 온
전히 감당해야 하는 시점에 이르렀다. 자연의 혼돈을 통제
하려 하면 할수록 그것은 더욱 거대한 혼돈이 되어 돌아오
고, 급기야 "또다른 혼돈의 땅"에서 반복될 것이다. 재난이
란 그렇게 불가항력적으로 도래한 복수의 시간, 미-래의 사
건에 다름 아니다.

까마득한 세월이 흘러 숙과 홀이 다시 만난 것은
또다른 혼돈의 땅이었다

남해와 북해의 황제였던 숙과 홀은
누더기를 입고 땅을 기어가다가 서로를 알아보았다
개미들이 들끓는 혼돈의 땅에는
수천 개의 구멍들, 그리고
구멍에 빠지지 않으려고 발버둥치는 중생들로 넘쳐났다
바이러스가 창궐하고 산불이 번져가고
물고기와 새들이 후드득후드득 떨어져내렸다
고장난 신호등은 위태롭게 깜박거리고

숙과 홀은 다시 만났다

—「숙과 홀」 부분

얼핏 '자연의 복수'를 시화한 이야기처럼 보이지만, 단지
그것만을 읽는다면 설익은 종말론에 머물고 말 것이다. 시
집의 세번째 장에서 주의를 기울여야 할 지점은 예의 '천의
무봉', 곧 봉인 불가능한 다수성의 세계, 그 무수한 연결의
그물을 직관하는 시편들이다. 예컨대「홍적기의 새들」은 공
룡의 멸종에서부터 물고기와 새, 인간의 출현에 이르는 지
구사의 거대한 순환을 물음의 형식 속에 담아낸다. 자연생
태계로부터 사회생태계, 그리고 지구생태계의 여러 문제를

질문하는 이 시가 흥미로운 점은 "홍적기"라는 시간을 직접 거명했기 때문이다. 홍적기는 인류가 나타난 신생대 제4기의 첫 시기로서, 인류세라는 개념의 기원적 시기를 가리킨다. 지구사적 대변동의 과거와 현재, 미래를 고민하기 위해서는 그 출발의 시점으로 돌아가 질문을 던질 필요가 있다. 인간이 막 등장하기 시작했던 저 태초의 지점은 결국 혼돈이 혼돈 자체로 남아 있던 시점이었을 것이다. 혼돈이 탄생의 출발점이었던 것이니, 결국 혼돈으로의 귀환이야말로 새로운 탄생의 환경이요 조건일 수도 있는 셈. "죽으러 갈 수 있는 곳은/ 북극곰의 내장,/ 따뜻한 내장 속에서만 천천히 사라질 수 있을 뿐". 혼돈은 질서를 통해 회피하거나 소멸시켜야 할 대상이 아니라, 오히려 자신을 맡겨야 할 곳이기에 그 "캄캄한 내장"(「곰의 내장 속에서만」) 속에서 소진되는 시간에 기대를 걸어야 할지도 모른다. "우리는 저 사라진, 사라져가는 얼음덩어리로부터 왔"(「빙하 장례식」)기 때문이다.

인류세의 문제, 그 총체적 연결의 희망과 절망이 담긴 물음을 우주론적 담론으로만 풀 수는 없을 듯싶다. 자본세(Capitalocene)에 대한 성찰이 인류세를 관통하고 있음은 잘 알려져 있다. 특히 코로나19와 관련해서 방역의 위생학적 조처가 '유령'을 더욱더 보이지 않게 만드는 불가피한 질곡임을 거론하지 않을 수 없다(「사라지는 것들」). 또한 지구온난화가 불러일으킨 빙하의 소멸이나(「빙하 장례식」), 인공화된 자연의 향유가 빚어낸 자원의 고갈(「장미는 얼마나 멀리서 왔는지」), 일상을 영위하기 위해 동원되고 착취당하는 동물의 운명(「젖소들」), 그리고 풍요로운 삶을 담보하기 위해 초래한 "죽음의 천사"(「검은 잎사귀」) 핵의 위험성 등은 자본주의 거대 문명이 숨긴 무서운 얼굴들이다. 폭주하는 문명의 기관차에 올라탄 채 "피난의 장소마저 잃은"(「피난의 장소들」) 우리는 "혼돈의 땅 전체가/ 거대한 구멍이라는 것을 알지 못"(「숙과 홀」)한 채 구멍들 속에서 길을 잃은 존재들일지 모른다.*

관건은 혼돈을 제거하거나 조절하는 데 있지 않다. 애초에 그런 시도는 불가능한 망상이자 아집에 불과할 것이다. 체르노빌의 두려움으로부터도 아무런 교훈을 얻지 못한 우리 인간들에게 어떤 적극적인 처방이란 더이상 가능하지 않을지도 모른다. 차라리 지금 필요한 것은 우리에게 알려지지 않은 것, 불명의 어둠, 곧 혼돈에 대한 예의라 할 수 있

---

* 이 혼돈의 땅 위에 길 잃은 존재들이 모종의 공동체를 이루는 것, 그것은 인종과 성별, 혈연과 지연 등 기성의 관계들을 넘어서는 새로운 집합체의 탄생을 가리킨다. '퇴비'로 표상되는 혼성적이고 다중적인 이 공—동체(共-動體)는 인류세-자본세의 질곡을 깨고 미래의 가능성을 촉진한다는 점에서 생태적인 동시에 정치적인 의제를 시인들에게 제기하고 있다. 시작(詩作)이란 그러한 공—동성에 대한 시적 응답인 셈이다. 나희덕, 「'자본세'에 시인들의 몸은 어떻게 저항하는가」, 『창작과비평』 2020년 봄호, 창비, 87~88쪽.

다. 물론, 이 '예의'는 인간사의 관례나 법칙과는 거리가 먼 것일 게다. 그래서 불명의 어둠을 불명의 어둠으로 놓아두고, 혼돈으로 하여금 혼돈이게끔 내버려두는 데서 미지에 대한 예의는 성립한다. 아마도 그것이야말로 지성과 이성을 넘어선 비인간적인 것 전체에 대한 온전한 예의일 것이다. 그럼으로써 혼돈이 언젠가 돌아올 공간과 시간을 남겨두어야 한다.

매미들이 돌아왔다

울음 가득한 방문자들 앞에서
인간의 음악은 멈추고
숲에서 백 년 넘게 이어져온 음악제가 문을 닫았다

현(絃)도 건반도 기다려주고 있다
매미들이 다시 침묵으로 돌아갈 때까지
                    ―「매미에 대한 예의」 부분

5. 불가능성, 혹은 가능한 시작의 미-래

헤겔은 역사를 종종 마차의 수레바퀴에 비유하곤 했다. 인류 앞에 펼쳐진 시간의 여로가 있고, 그 길을 부지런히 달리는 마치 바퀴의 운동이 바로 세계사라는 것. 우리가 나희덕의 새 시집을 굳이 헤겔의 『정신현상학』과 나란히 읽어왔던 것은, 그의 이름이 근대성의 양화(陽畵)를 대표하는 상징적 기호이기 때문이다. 감각의 확실성을 토대로 지성과 이성을 획득해가는 나-주체의 발전, 재귀적 여정 속에 자연과 문화를 한데 엮고, 자신의 통제 속에 담아두려는 정신의 역정. 인간 중심적이고 선형적인 목적론의 서사는 비단 헤겔뿐만 아니라 우리 모두가 무의식적으로 공유하고 있는 근대의 질곡이다. 문제는 이 서사가 유령적 타자들에 대한 배제의 역사이면서, 또한 인류세와 자본세의 중첩을 만들어낸 토대라는 데 있다. 과학과 기술이라는 절대지식의 견인을 통해 원하는 모습대로 사회와 역사를 조형하고 자연과 문화를 조성하려는 세속 세계의 신화도 이에 근거한다.

혁명에 대한 열망도 근대성의 신화와 그리 멀리 떨어져 있지 않다. 좌파든 우파든 근대를 완성하고 또 근대를 넘어서고자 했던 변혁의 서사들은 한결같이 인간과 문명, 주체와 지식, 이성과 사유의 열차를 통해 미래를 그려냈던 것이다. 그에 따르면 역사의 여로에는 단 하나의 길만이 유일하게 깔려 있으며, 저 먼 시간의 지평으로 예상 가능한 기획들을 투사하고 성취하는 무한한 가속만이 그것을 쟁취할 방법이 된다. 세계사의 기관차. 근대를 표상하는 그 질주의 이미지를 뒤좇는 한, 우리는 언제까지나 가능성과 불가능성의 이분법에 종속될 수밖에 없다. 일반의 상식에 의거한다면, 가

능한 것은 존재하는 것이며 실현될 것이지만 불가능한 것은
존재하지도 않고 따라서 현실화될 수도 없는 미망이다. 전
자가 합리성과 유용성을 내포한 반면, 후자는 허무맹랑하고
쓸모없는 공상에 가깝다. 그렇게 우리는 유일무이한 하나의
삶만을 바라보고 추구하도록 정향되어 왔다.

  예상 가능성은 시간의 순열을 계산하는 것이며, 상상력
이 필요 없을 정도로 단순하다. 가령 한시 다음에 두시가 오
고, 그다음에 세시가 오는 데 아무런 상상력도 필요하지 않
은 것처럼. 그러나 잠깐의 몽상이 한시를 세시에 이어붙이
고, 다시 아홉시에서 새벽으로 던져넣는 일을 우리는 종종
경험한다. 그 비어 있는 시간의 암흑. 거기에는 공허나 무
가 아니라 인식되지 않는 의미들이 충전되어 있으며, 그 어
둠을 어둠으로 남겨둘 때 두시에서 여섯시로, 저녁에서 다
음날 새벽으로 시간의 도약은 의미를 갖게 된다. 예상 불가
능한 시간, 그것을 혁명이라 부르든 다른 무엇이라 명명하
든, 현재 당연한 듯 익숙한 세계를 넘어서기 위해 우리는 감
히 시간의 도약을 상상하고 욕망해야 한다. 도약의 시간은
시간의 탈구 이외에는 달리 다른 방식으로 기대할 수 없다.
이전과 이후, 그 동질적이고도 텅 빈 시간의 이음매를 벗어
나기 위해 무엇을 해야 할까? 가속이 아니라 비상브레이크
를 당김으로써.

  마르크스가 혁명을

세계사의 기관차에 비유했다면

벤야민은 혁명을
기차 탄 사람들이 잡아당기는 비상브레이크라고 말했지
달리는 기관차를 멈춰 세우는 것이라고

달리는 기관차를 멈추게 하는 장력은

얼마나 고요해야 하는지
얼마나 자유로워야 하는지
또는 얼마나 천진해야 하는지
　　　　　　　—「달리는 기관차를 멈춰 세우려면」 부분

　건너뛰기 위해서는 멈춰야 한다. 그러지 않으면 달리기
의 관성에 의해 우리는 같은 방향으로만 계속 몸을 던져야
할 것이다. 멈춰 세움으로써 정지된 에너지를 다른 쪽으로,
예기치 못했던, 그래서 불가능하다고 믿었던 방향으로 던
져넣어야 할 것이다. 하지만 기억하자. "시간을 쏘는 것도/
달리는 기차를 폭파하는 것도 이미/ 우리의 선택을 벗어
난 일"이라는 점을. 시의 그물 짓기가 타자의 "거처"가 될
지 "덫"(「붉은 거미줄」)이 될지 알 수 없는 것처럼. 요점
은 불가능성과 가능성이라는 근대적 논리의 이분법에 다
시금 함몰되지 않는 데 있다. 그럼으로써 하나를 버린 채

다른 하나를 따르는 길이 아니라, 하나의 시간을 구성하되
(時-作), 다른 하나의 시간을 동시에 시작하는 (불)가능성
의 모험을 감히 욕망하는 것.

　　오히려 세상은 불가능들로 넘쳐나지요
　　오죽하면 제가 가능주의자라는 말을 만들어냈겠습니까
　　무엇도 가능하지 않은 듯한 이 시대에 말입니다

　　나의 시대, 나의 짐승이여,
　　이 산산조각난 꿈들을 어떻게 이어붙여야 하나요
　　부러진 척추를 끌고 어디까지 가야 하나요
　　어떤 가능성이 남아 있기는 한 걸까요

　　그럼에도 불구하고,

　　저는 가능주의자가 되려 합니다
　　불가능성의 가능성을 믿어보려 합니다

　　큰 빛이 아니어도 좋습니다
　　반딧불이처럼 깜박이며
　　우리가 닿지 못한 빛과 어둠에 대해
　　그 어긋남에 대해
　　말라가는 잉크로나마 써나가려 합니다

　불가능한 시간. 두시 다음에 세시가 오지 않고, 네시 다음에 다섯시가 오지 않는, 밤에 이어 한낮이 당도하고, 저녁 다음에는 새벽이 오고, 그다음에는 어떤 알려지지 않은 낯선 시간과 공간의 지평이 열리는 사건으로서의 불가능성. 이런 의미에서 가능성과 불가능성은 이분법의 짝이 아니라 이접적 종합(disjunctive synthesis)의 이웃하는 항들이라 불러도 좋겠다. 거기에는 어떤 순서나 질서도 없고, 규칙이나 체계도 없으며, 오직 사건적 접속과 연결의 관계 속에서 낯선 시간의 지평만이 계속해서 열리는 "어긋남"의 순간들만 있을 따름이다. 과거-현재-미래를 잇는 순차성의 계기들이 아니라 어긋남이라는 도약과 비약을 통해 사건화하는 시간성을 우리는 미-래라고 부를 수 있는 바, 그것은 "가당찮은 꿈"이지만 눈감으면 불가항력적으로 꿀 수밖에 없는 '덮쳐오는 거미줄'(「거미에 씌다」, 『어두워진다는 것』)과도 같은 것이다. 나-주체의 의지와 의식, 기대나 소망에 반하는 그것이 명료한 빛의 가시성을 통해 나타나지 않을 것임은 자명한 사실. "아직 무언가 가능하다고 말하는 사람이 되는 것은/ 어떤 어둠에 기대어 가능한 일일까요/ 어떤 어둠의 빛에 눈멀어야 가능한 일일까요".

　이 같은 이접적 종합, 혹은 동시성의 논리는 근대라는 시간대를 넘어서길 요구한다. 순차적 시간 계열은 단 하나의 선택과 그 결과를 잇는 또다른 하나의 선택만을 강제하고, 그로 써 유일하게 실현되는 단 하나의 선형적 시간성을 허락하기 때문이다. 그러나 도약의 시간, 사건의 돌발은 시차(時差/視 差)의 "사이"를 보도록 유혹하는 얄궂은 숙명의 산물이다. 정신과 신체의 일반적 이분법이 놓치는 것은 우리가 정신적 신체를 갖는 동시에 신체적 정신으로도 살아가고 있다는 사 실 자체에 있다. 따라서 우리는 "믿었던 것과 믿고 싶었던 것과 믿어야만 하는 것 사이에서/ 이미 존재하는 것과 당연 히 존재해야 하는 것 사이에서/ 정치적 사건과 정신적 사건 사이에서/ 전쟁과 평화 사이에서/ 지적 오류와 도덕적 오류 사이에서/ 고슴도치의 머리와 여우의 손을" 지닌 채 살아 가고 있음을 긍정해야 한다. 왜냐면 본래부터 우리-나-각 자는 어느 하나의 정체성으로 수렴되지 않고서 "사이"만을 배회하며 끊임없이 하나에서 다른 하나로 도약하고 이행하 는 유령성을 지닌 채 살고 있기 때문이다. "내가 변호하고 싶은 건/ 톨스토이가 아니라 나 자신인지도 모르겠지만 말 야"(「고슴도치와 여우」).

"얼굴"로 표징되는 특정한 성별과 계급, 인종과 민족, 누 군가의 정체성은 "손"의 감각 속에 해소될 수밖에 없다. "오 늘은 또 어떤 얼굴로 지내야 할까 (……) 하지만 매일 다른 얼굴이 주어지는 나에게는/ 어떤 흔적도 남아 있지 않다// 오늘의 얼굴은 어제의 얼굴을 기억하지 못하지만/ 두 손은 모든 걸 기억하고 있다". 한 순간도 동일한 것으로 규정될

수 없는 '나'는 "천 개의 얼굴에 두 개의 손"을 지닌 비인간
에 조금 더 가까울지 모른다. 인간이란 누구이며 또 무엇인
가에 대한 정의가 확고부동한 "얼굴"과 "표정"에 결박되어
있는 한, 우리는 결코 "손"(「얼굴을 갈아입다」)의 감각이
지닌 불확실한 확실성에 가닿을 수 없을 터. 그러므로 차라
리 사물의 자발성, 그 감각적 (불)확실성을 믿어라. 시간이
흐름에 따라 파랗던 사과가 조금 덜 파래지고, 더욱 덜 파
래지다가 어느 순간부터 조금씩 빨개지고, 또 더 빨개지다
가, 온통 빨개져버리는 저 놀라운 시간적 변용의 유물론적
형상들을. 무엇이 사과이고 무엇이 사과가 아닌가? 그 결정
을 사과에게 맡긴다면, 우리는 사과와 비사과 사이에서 진
동하는 사과-아닌-것의 사건적 이미지들과 마주할 수 있을
것이다. 거기에는 "사과가 되려는 사과와/ 동그라미가 되려
는 동그라미가 있을 뿐"(「사과를 향해」), 우리가 아는 사과
의 정의 따위는 존재하지 않을 것이다. 마치 "차갑고 둥근
빛"(「차갑고 둥근 빛」)이라는 비논리적 역설이 그렇듯, 사
과의 정의 또한 "사과의 자발성"(「사과를 향해」)에 맡겨진
사물의 권리라 할 수 있다.

　하지만 모든 결정과 판단의 계기가 전적으로 사물에게만
있다는 식으로 생각지는 말자. 그 또한 '인간 또는 사물'이
라는 이분법의 일종일 테니. 나-인간의 측이든 사물-비인
간의 측이든, 관성적인 사고의 패턴으로부터 도약하지 않는
한, 우리는 지금-여기의 굴레를 벗어날 수 없다. 지금-여기

는 뛰어야 할 도약대인 동시에 그 도약의 조건이다.

산책길에 주워든 조약돌은 내게 그저 돌일 따름이다. 내가 돌에 어떤 이름을 지어주든 그것은 나의 소관, 나의 의미, 나의 입장이지 돌을 돌 아닌 다른 것으로 바꾸지는 못할 것이다. 돌과 나의 소통은 "이름을 붙이거나 부르는" 식의, 나에게만 명확한 언어를 통해 이루어지지는 않으리라. 오히려 손의 감각, 내 의식과 통제 바깥의 물질적 교감으로서의 체온을 통해 돌을 느껴보는 게 먼저라 하겠다.

돌은 나의 바깥, 차고 단단한
돌은 주머니 속에서 조금씩 미지근해졌다

얼마 전 바닷가에서 그 조약돌을 손에 들고 있었을 때 느꼈던 것이 더욱 선명하게 떠올랐다. 그것은 어떤 들쩍지근하고 메슥거리는 기분이었다. 얼마나 불쾌한 기분이던지! 그것은 그 조약돌 때문이었다. 틀림없다. 그 불쾌함은 조약돌에서 내 손으로 옮겨온 것이다. 그래, 그거다, 바로 그거야. 손안에서 느끼는 어떠한 구토증.
　　　　　　─「그 조약돌을 손에 들고 있었을 때」 부분

'나'의 인간학, 그 바깥의 실존으로서 "돌"은 전적인 타자다. 그것과 만나는 길은 무엇보다도 "불쾌한 기분"이라는 감각의 벽에 부딪히는 데 있다. 나 아닌 것, 그 외부의 비인간성이 "들쩍지근하고 메슥거리는 기분" 이외의 것일 수 없음은 당연한 노릇 아닌가? 하지만 이 낯선 기분, 그 감응의 체험만이 "손"과 "돌" 사이에서 벌어지는 물질적이고 신체적인 열평형을 이룰 수 있을 터. "주머니 속에서" 어느덧 "미지근해"져버린 돌의 온기는 다름 아닌 내 손의 온기를 가리킬 것이기 때문이다. "손안에서 느끼는 어떠한 구토증"이란, 따라서 이물감을 통해 확인되는 '도약'에 대한 증표라 할 만하다. "조약돌은 그곳에서 이곳으로 왔고/ 그곳의 냄새와 습기 또한 이곳으로 옮겨왔다". 달리 말해, 시간과 공간에 의해 제약된 나-주체가 조약돌이 놓여 있던 저 어딘가의 타자적 시공간을 감수(感受)하고 감응하는 사건의 표지로서의 구토증. 위장을 역류하여 토해낸다는 것은 타자와의 만남을 감당하지 못한다는, 내 신체의 비정상을 지시하는 기호일 것이다. 하지만 이 구토보다도 더 확실하게 내가 타자와 마주쳤음을 보여주는 증거가 또 있을까? 저 조약돌이 '나의 돌'이나 '나의 경험', '나의 소유물'로 환원되지 않은 채 그저 다만 돌 자체로서 체험되는 더 정확한 실험이 있을 수 있을까?

　　나의 돌이 아니라 그냥 돌이 될 때까지
　　나를 더이상 바라보지 않을 때까지
　　그때까지만 곁에 두기로 한다

　　방생의 순간까지

조약돌은 날개나 지느러미를 잃은 듯 거기 놓여 있을
것이다
—「그 조약돌을 손에 들고 있었을 때」 부분

어둠을 어둠으로, 혼돈을 혼돈으로 놓아주었듯, 조약돌을
조약돌로서 "방생"하라. "서로의 고독을 존중"(「그들의 정
원」)하라. 그런 의미에서 인간과 인간 사이에서, 인간과 비
인간 사이에서, 마침내 비인간과 비인간 사이에서 정녕 필
요한 것은 "이별의 시점"을 제때 택하는 것이겠다. 핵심은
인간도 비인간도 아니라, 그 "사이"의 "밤", 어둠과 혼돈이
되돌아오는 구토증의 시간과 마주하기 위해서다. "종이 위
의 결별과/ 길 위의 결별 사이에는/ 또 얼마나 많은 밤들이
들어차 있는지" 우리는 모른다. 하지만 저 도래할 미-래가
익숙한 시간과의 "결별"을 행하지 않고는, 그 사이의 무수
한 밤들을 통과하지 않고는 결코 예감조차 하기 힘든 낯섦
의 체험이란 사실만은 분명하다. 기다린다는 것, 놓아주고
내버려두고 떠남에서 성립하는 그 "예의란 헤어진 뒤에 더
필요한 것인지 모른다"(「이별의 시점」). 때문에 시작(始作)
은 항상 불가능하다는 것, 가능성이란 언제나 불가능성을
통해서만 어렴풋이 가늠할 수 있는 미-래에 있다는 것, 그것
이 시-작(視-作/時-作)의 시작(詩作)이라는 것.

*

  한 권의 작품 속에 사적 체험의 진실과 사회적 고통에 대한 성찰, 그리고 삶을 둘러싼 존재론적 질문과 답변을 담아 응축해내는 것은 시인 나희덕의 예술적 역량이다. 하지만 지금까지 매번의 시집들이 보여주었듯, 이 응축의 시학은 늘 무수한 의혹과 의미, 의지를 봉합시키지 못한 채 상처 가득한 그물로 펼쳐져왔다. 당연한 노릇이다. "구멍 뚫린 독에/ 끝없이 물을 길어 부어야 했던 다나이드처럼"(「여행은 끝나고」) 시적 여행의 종점은 곧 또다른 여정의 고된 출발점이기도 했던 까닭이다.

> 여행은 끝나고, 이제
> 쓰디쓴 풀과 거친 빵을 삼켜야 하는 시간
> 물을 긷고 또 길어야 하는 시간
>
>   —「여행은 끝나고」 부분

  이 매번의 도착과 출발이야말로 끊임없이 되풀이되는 시적 여정에 대한 근원적인 의문이 아닐 수 없다. "이게 바로 도망칠 수 없는 네 몫의 삶"이라는 언명만으로는 충분하지 않을 게다. 위안도 포기도 체념도 온전히 만족할 만한 답변은 되지 않을 테니. 그럼에도, 한 권의 시집에서 다른 한 권의 시집으로 건너는 길은 "방인지 바다인지 시간인지 끝내

죽음인지"(「건너다」) 확정 지을 수 없는 망설임과 결단, 되물림의 무수한 순간들로 계속 채워져야 한다. 설령 피투성이 거미줄이 되는 참담한 실패가 예감된다 해도, 그 완결 불가능함이야말로 또다른 시작의 근거가 될 것이다. 그러므로 가능주의자가 된다는 것은 동시에 가능성의 불가능성을 믿는다는 뜻이 된다. "저는 가능주의자가 되려 합니다/ 불가능성의 가능성을 믿어보려 합니다". 불가능성, 그 단절의 심연을 받아들이지 않는 한 어떠한 가능성도 가능하지 않으리라. 결여가 있기에 채움이 있는 게 아니라 채움이 있기에 결여가 있는 것이니, 불가능성은 가능성의 조건이지 그 반대는 아니다. 그러니 가능주의자가 되자. 그로써 불가능한 시작의 미-래를 한번 더 끌어당겨보자.

　세상에, 가능주의자라니, 대체 얼마나 가당찮은 꿈인가요

—「가능주의자」 부분

나희덕 1989년 중앙일보 신춘문예로 등단했다. 시집『뿌리에게』『그 말이 잎을 물들였다』『그곳이 멀지 않다』『어두워진다는 것』『사라진 손바닥』『야생사과』『말들이 돌아오는 시간』『파일명 서정시』, 시론집『보랏빛은 어디에서 오는가』『한 접시의 시』, 산문집『반통의 물』『저 불빛들을 기억해』『한 걸음씩 걸어서 거기 도착하려네』『예술의 주름들』이 있다. 현재 서울과학기술대학교 문예창작학과 교수로 재직중이다.

— 문학동네시인선 167
가능주의자
ⓒ 나희덕 2021

— 1판 1쇄 2021년 12월 6일
1판 7쇄 2024년 4월 9일

지은이 | 나희덕
책임편집 | 이재현
편집 | 강윤정
디자인 | 수류산방(樹流山房) 본문 디자인 | 유현아
저작권 | 박지영 형소진 최은진 서연주 오서영
마케팅 | 정민호 서지화 한민아 이민경 안남영 왕지경 정경주 김수인 김혜원
            김하연 김예진
브랜딩 | 함유지 함근아 고보미 박민재 김희숙 박다솔 조다현 정승민 배진성
제작 | 강신은 김동욱 이순호
제작처 | 영신사

펴낸곳 | (주)문학동네
펴낸이 | 김소영
출판등록 | 1993년 10월 22일 제2003-000045호
주소 | 10881 경기도 파주시 회동길 210
전자우편 | editor@munhak.com
대표전화 | 031) 955-8888 팩스 | 031) 955-8855
문의전화 | 031) 955-2696(마케팅), 031) 955-1920(편집)
문학동네카페 | http://cafe.naver.com/mhdn
인스타그램 | @munhakdongne 트위터 | @munhakdongne
북클럽문학동네 | http://bookclubmunhak.com

ISBN 978-89-546-8351-7 03810

www.munhak.com

문학동네